ヴィヨン遺言詩集

形見分けの歌　遺言の歌

訳注　堀越孝一

悠書館

le testament villon　le lais villon

まえがき

「ヴィヨン遺言詩集」は、一行を八音節にとった八行詩をつなげていくのが基本のかたちで、それにバラッドやロンドーという、それ自体できまった詩のかたちをもつ詩をいくつも織りこんでいく。もっとも一四五六年に出版されたとみられる『形見分けの歌』はバラッドもロンドーももたず、四〇節三二〇行の簡素なかたちの詩で、おもしろいのは「この年は四百と五十六年、おれはフランスェ・ヴィオン、学生である」と一人称で歌いだし、そのまま三九節まで「おれは」で通しながら、四〇節を「上述の日付に、これが制作されたのは、その名のよく知られたヴィオンによる」と三人称で書いている。

これは『遺言の歌』の方でも同じで、こちらはたくさんのバラッドやロンドーをはさみこみながら、二〇二三行までいく大型の詩だが「年齢をかぞえてみれば三十のこの年に」と書きはじめて、途中、一人称で通しながら、最後のバラッドを「さてさて、ここに遺言は閉じられます、あわれなヴィオンはこれで終わりです、うんぬん」と三人称で書いている。

「遺言の歌」は詩人は「テスタマン」と称していて、これはラテン語の「テスティス（証人）」からで、遺言は証人がいてこその文章形式である。「形見分けの歌」は詩人は「レ」と書いていて、これは「レッセ（のこす）」という動詞かららしく、だから遺贈で、だから遺言とおなじことで、『形見分けの歌』にしろ、『遺言の歌』にしろ、最後に三人称がくるのは当然のことか。証人の登場である。

作者ですが、これはかずかずの徴候からみて、『形見分けの歌』九節と『遺言の歌』八七節にその名が挙げられている「メートゥル・グィオーム・ヴィオン」だろうと思います。サンブネ教会の司祭で、物語の主人公フランスェ・ヴィオンから「おれにとって父以上の人」ともちあげられている。もちあげられているというふうに書かれている。ちなみに「ヴィオン」ですが、これは近代フランス語の発音で「ヴィヨン」でして、時代の音です。「サンブネ」もそうで、「サンブノワ」の時代読みです。これからご覧いただく注釈文中、「サンブネの司祭」とか、それの省略の「サンブネの」がお目にとまったらば、それはグィオーム・ヴィオンのことをいっているとご承知いただきたい。

作者が決まったからといって、それが詩の読み方を決めていくということはありません。十九世紀来、フランス人は、「ヴィヨン遺言詩集」の作者は、『形見分けの歌』の書き出しに、

「この年は四百と五十六年、おれはフランスェ・ヴィオン、学生である」の名乗りが聞こえるところからか、「フランソワ・ヴィヨン」でしょう。そう詩人が名乗っていると決めてかかっています。詩を詩人の伝記と読もうという態度です。この態度はどうでしょう、おもしろくないですねえと、もう二十年も前になりますか、一九九一年、パリに住んだときに、探索をはじめて、一九九七年に小沢書店から「ヴィヨン遺言詩注釈『形見分けの歌』」を出版したのが手始めで、それから二〇〇二年までに「ヴィヨン遺言詩注釈『遺言の歌』」三巻を本にしました。立派な箱入りの本で、『形見分けの歌』の箱に掛けた帯に、「ヴィヨン発見」と大きな活字が踊っています。

この本の注釈文中に「注釈」と出るのはすべてこの四冊の本からです。

その後、訳があって小沢書店は店を閉じ、当初予定された補巻『ヴィヨン遺言詩注釈総索引・書目一覧』の出版は足留めを食らいました。今般、なんとかしようではないですかと申し出てくれたのが悠書館の旧友長岡正博で、どうだろうか、普及を妨げている大型の箱入り装丁という体裁を、もっと軽くしなやかな本に替えて、全巻、再刊する。それに索引と文献表を添える。できればその前に軽く「ヴィヨン遺言詩集一冊本」が欲しいですねえということではじまったのがこの『ヴィヨン遺言詩集』の企画です。

最初は、ですから、しなやかな薄口の本を考えていたのですが、どうも性分というものは争いがたく、訳がおかしい。注がたりない。ちょうどいい機会だ。あのことも注に書いておこうと、浮気の虫どもが騒ぎだす。写本から起こした原文は、これは注釈本ではなく訳詩文集というのが建前なのだから、あえて本に添えないことにしたというのに、やたら原語を引き合いに出して、やれ発音だの、綴りだのとうるさくいう。文献表も載せていないというのに、いきなりトブラー - ロンマッチだの、グレマだのと辞書を指名する。なんだ、これは？

トブラー - ロンマッチは、十九世紀のドイツ人アドルフ・トブラーがこつこつと集めた文例を基に、二十世紀のドイツ人エアハルト・ロンマッチが編集した中世フランス語の辞書でして、薄手の冊子のかたちで一九一五年から出始めて九二冊、二〇〇二年に最後の冊子がわたしの手元にもとどいた。終わったかなと思っていたら、二〇〇六年に九三冊目が来た。辞書に配列されたことばには、多い少ないはともかく、かならず用例文が添えてある。その用例文の出典の呼び名を略した文字列をアルファベット順に編集した文献表です。辞書の用例欄で見た用例文の出所がこれで分かる。

もうひとつ、グレマとご案内したのは、わたしがしょっちゅうページをめくっていて、そのせいでか、分厚いボール紙の背表紙がはがれてしまった辞書で、一九六八年にラルースから出版されたジュリアン・グレマの古フランス語辞典です。ジュリアン・グレマは、このリトアニア人の記号論学者が外国で使っていた自称で、わたしはリトアニア語は知らないので、かれの本名はどういうのかは分からない。一九六五年からパリのエコール・プラティク・デ・オート・エチュード（高度な勉強を実践する学校？）の教授を二五年間務めたというが、かれの墓はリトアニアのカウナスにある。かれの母親の里です。どうしてかれの出身にこだわるのかというと、トブラー＝ロンマッチはドイツ人である。それが古フランス語の辞書のすぐれた仕事を残した。中世フランス語の用例文の宝庫です。グレマの本は、かさは御両所の本には及ばないが、キリッと引き締まっていて、人をドキッとさせるようなヒラメキを随所に見せていて、とてもおもしろい。

hors という前置詞がある。外に、という意味を作るが、これはラテン語の foris から来ていて、だから fors という綴りもあって、そちらの方が先らしく、おもしろいのは十四世紀のはじめごろの資料があって、そこには fhors と書かれているという。これを紹介しているのがグレマだが、グレマは hors の解説に、hors は fors を書き換えた語形で、気音の h をかぶっていて、このことを説明するのは困難だと批評している。語頭の h は音を出さないと決めた十九世紀のフレンチ・アカデミーに対抗して、それでよろしいのですかと、中世フランス語の立場を立てている。リトアニア人だからこそできたことなのではないですか。

サンブネの司祭の詩の原稿は残っていません。残っているのは原本の写しと伝えられる四本の写本です。パリのリシュリュー街のフランス国立図書館に二本、その分館の、やはりパリのセレスタン河岸にあるアルスナール図書館に一本、ストックホルムのスウェーデン王立図書館。わたしが出掛けた折には軒下に「長靴下のピッピ」が長い足を伸ばしていましたが、いまでも伸ばしているのでしょうか。だから「長靴下のピッピの図書館」に一本。そのどれもが、ほかの作品と一緒になった詞華集の一部です。

わたしの初見の写本はセレスタンのそれで、むかしアルスナール（武器庫）だったところに建てられた図書館なものだから、そう呼ばれる。一九九一年四月にパリのサンルイ島に住み着いて、すぐ、川向こうのセレスタン河岸の図書館に出かけた。写本のタイトルさえもおぼつかないままに、写本番号のほかは「ル・レ・エ・ル・テスタマン・ヴィヨン」と、ただそれだけを伝票に記入して提出し、指定された席について不安な気持ちをもてあましていた。「これがあなたの見たい本ですか」と、やがて若い館員が持ってきてくれたのを見れば、「ル・ブレヴィエール・デ・ノーブル」とタイトルが見えた。「貴人たる者の祈祷文集」というほどの意味合いで、アラン・シャルテの詩です。

そのタイトルが写本の頭に書いてあるわけではないが、なにしろアラン・シャルテのその詩が最初に納まっているのでそう呼ばれる詞華集ということで、八百ページを越そうかというほどに大部の写本です。最後の最後のページにいくつか人名が書かれている。ジルベール

・コキーレ、クロード・マシオ、ジャン・マシオの三つはなんとか読み取れるが、それがジルベール・コキーレはそのままだが、クロード・マシオとジャン・マシオは「ス・エ・ア・クロード・マシオ」「ス・エ・ア・ジャン・マシオ」などと書いている。また、それぞれ二行に分けて重ねて書いている。

「ヴィヨン遺言詩集」のベーエヌ本館にあるふたつの写本、コワラン写本とベー写本のファクシミリ（影印本）を一九三二年に出版したジャンロワ‐ドゥローズ御両所は、その本の「まえがき」に、アルスナール写本についても色々書いていて、この三つの人名は、この写本の前の持ち主の名前だといっている。三人いるわけだから持ち主たちかな。なんの拠り所もあるわけではないらしい。これは御両所の臆断です。「ス・エ・ア」の「ア」は、このばあい、所属を示す前置詞と読んだということでしょう。

わたしはこれはこの写本を筆写した筆生たちのいたずら書きだと思う。そこでおもしろいのは『パリの住人の日記』のヴァチカン図書館にある写本の、やはり最後の最後のページにマシオの名が見える。それがなんともふざけたタッチで、鼻の下に髭をたくわえた、その髭をmaciotの文字列であらわして、眉、目、鼻、口と、模様らしくスケッチして遊んでいる。左耳にあたるところになにやら短い縦線の連続模様と見えるのは、もしやクロードと書いたつもりなのではなかろうか。『パリの住人の日記』を筆写した筆生は、なんと『ヴィヨン遺言詩集』のアルスナール写本の筆生だったのです。

アルスナール写本は、十九世紀の第二帝政時代、アルスナール図書館の館員だったポール・ラクロワがヴィヨン遺言詩集の写本と見て、一八六六年に校訂本を出版した。ラクロワは、その前、一八五四年に『フランソワ・ヴィヨン全集』を出版していて、これは一八七七年に改訂版が出版された。「ヴィヨン遺言詩集」の校訂本の出版の歴史はこのあたりから始まったと、わたしは見ている。オーギュスト・ロンニョンの『フランソワ・ヴィヨン全集』が一八九二年。二十世紀に入って、リュシアン・フーレというお方が、ロンニョンの校訂に手を入れたと称して、「ロンニョン‐フーレ第二版」と呼ばれる校訂本を出版したのが一九二三年。そうして一九七〇年代に、ジュネーヴのロマンス語学者のお二方、リシュネル‐アンリ御両所の校注本が出た。ロマンス語学者などとあいまいにいうのは、うかつにしてよく存じ上げない。フランス語やベルギーのワロン語、ルーマニア語などロマンス語系の文学をなさる方々だろうと見当をつけているだけで。

わたしの仕事はこの流れに立つもので、さらにさかのぼれば十六世紀のクレマン・マロがいる。わたしとサンブネの司祭とのつきあいのそもそものはじまりにクレマン・マロがいる。そのあたりのことは、『わがヴィヨン』をぜひともご覧ねがいたく、これまた小沢書店の出版だが、これの元本は日本橋の丸善が、以前は月刊で発行していた『学鐙』に、一九九四年から九五年にかけて、二年間、連載したエッセイで、そのバックナンバーを図書館でご覧いただいてもよいわけです。しかし、自分でいうのもなんですが、これはとてもいい本だから、ぜひとも近いうちに再刊本を出したいと思っています。

もう二十年あまりも前になる。ライデンにセム・ドレスデンを訪ねた折に、フランシス・カルコの『フランソワ・ヴィヨンのロマン』をもらったが、それはいろいろ話をしていて、なにかの切っ掛けで、いま、ヴィヨン遺言詩を調べていますが、フランソワ・ヴィヨンはいなかったと思うのですよと口をすべらせたら、ドレスデン教授、それはいけないなあといわんばかりの横目を流して立っていって、書斎に続く部屋の壁に書架を立てまわしてある。その一隅から、やおら一冊の本を抜き出して、もどってきて、これを読みなさいとわたしにくれたのだった。

本は一九三五年にパリで出版された、失礼だが仙花紙本で、それだけに逆に古書としてはおもしろいかな。元本は一九二六年に出ていて、その頃、なにしろ「フランソワ・ヴィヨン研究」が盛り上がっていて、一九二三年に「ロンニョン - フーレ第二版」が出版されて、オーギュスト・ロンニョンの「フランソワ・ヴィヨン全集」が定まった。ロンニョンに先鞭をつけられて機嫌の悪いピエール・シャンピオンの「そうであったはずだ、そうであったにちがいない」調の勇ましい著述はもう一九一三年に出ていて、「フランソワ・ヴィヨン伝」の雛形を作った。だから雛形に合わせたか、フランシス・カルコの本にピエール・シャンピオンの本が透けて見える。

だからか、コンピューター検索でフランシス・カルコが何者か、さぐってみたが、このニュー・カレドニア生まれのコルシカ人はなにしろ大物の作家で、小説だ、伝記だと、何冊も本を出しているが、大方の紹介では「フランソワ・ヴィヨンのロマン」は、それは「ロマン」は「小説」ないし「物語」だが、じつはこれは伝記だという扱いになっている。一番の傑作は「ウィキペディア、ザ・フリー・エンサイクロペディア」の記事で、「フランソワ・ヴィヨンのロマン」は「ア・ヘヴィリ・フィクショナライズド・バイオグラフィー・オブ・ザ・フィフティーンス・センチュアリー・ポエト」と解説されている。「十五世紀の詩人の、これでもか、これでもかとばかりにフィクション化された伝記」というほどの意味でしょうか。じつは、この記事を書いた人は、事の真相に気付いていたのではないかとわたしなどは思うわけでして、つまり、もちろんこれはフィクションだといっているのですよ。そうであってもらいたい。

形見分けの歌

ヴィヨン遺言詩集の1

一

この年は四百と五十六年　おれは、
フランスエ・ヴィオン(1)、学生である、
心をしずめ、気をおちつけて、考察するに、
ハミをかみ、首輪にかかる綱を引き、　　　　　四
まずはおのれの所業をかえりみろ、
そう、ヴェジェッス(2)もいっている、
賢明なるローマ人、偉大なる助言者、
おこたれば、自分自身を測りそこなう　　　　　八

(1) 近代語の発音表記で「フランソワ・ヴィヨン」。この詩集の物語の主人公。これを作者の名乗りと見る見方があるが、それはない。
(2) 四〇〇年ごろのローマの文人フラウィウス・ウェゲティウス・レナトゥス。『軍事について（兵学）』はメウン（マン）のジャンのフランス語訳もあってよく知られていた。なお、ジャン・ドゥ・マンのマンをメウンの読みについては『円卓』「エロイーズ文について」をご参照。

二

そこでだ、上述の時に、と、こういくか、
ころはヌーエ[1]にのぞんで、枯れ季節、
狼は風を食らって、いのちをつなぎ、
人は家に閉じこもって、霜をさける、　一二
炉のおきをかきたてて、暖をとる、
ぶちこわしたい、いま腹にうずいた、
このついのしがらみの恋の獄舎を、
このとらわれに、おれの心は割れた　一六

三

なんでおれがそんな気になったのかって、
おれは見たんだ、あの女、おれの目の前で、

（1）イエス・キリストの誕生日。十二月二十五日。近代語の発音表記では「ノエル」だが、十二世紀から十六世紀までの文典から拾い出すと、語末の「ル」を書いていない語形が散見される。散見というけれど、十三世紀のルトブフのような高名な詩人がどうやらそう書いたようで、無視できない。語末の「ル」は喉の奥に飲み込んでしまうような発音だったと思われる。「ノエ」ないし「ノーエ」と書いてもよいが、『形見分けの歌』に写本が四本あるうち、「アルスナール写本」だけは「ヌーエ」としか読めない書き方をしている。これを無視してしまうのはどうか。十六世紀のエスティェン・ドゥ・パスクィエーは「ヌーエ」と書いているし、クレマン・マロも「ノエ」ないし「ヌーエ」としか読めない書き方をしている。

おれと手を切れといわれて、分かったといった、(1)
男をかえたって、いいことなかったんになあ、
おれは、天を仰ぎ、おお神さまと訴えた、
あの女を罰してくれ、おれの仇をうってくれ、
恋愛の神がみ御一統を向こうにまわしてねえ、
請求した、あわせて恋の苦しみの緩和をねえ

二〇

二四

(1) ここのところ、注釈の方の訳とだいぶ変わっている。三行目の行末語「デスファソン」の読みの問題で、当初、これに「破滅」の意をあてたビュルジェの『ヴィヨン用語集』の読みをおもしろいと思って、「地獄に落ちればいいのよと、口裏合わせた」と読んだのだが、その後、親しむようになったトブラー・ロンマッチの『古フランス語辞典』は、これに「肢体の切断」の語意を立てて、用例文を引いている。これは説得的で、「デスファソン」ないし「デファソン」は切断すること、切断されることを意味する。だから女から縁切りを宣告されたということで、それも女の新しい男の前で！　二十世紀の第二次世界大戦後、実存主義の風潮のなかで、パリのシャンソン界の寵児となったジャック・ブレルをご存じでしょうか。かれの

四

そうなんだ、てっきりおれに気があるって、
思いこんだ、甘いまなざし、きれいなそとみ、
なんかだましのあじがしたんだが、なんせ、
腹の底までしみとおる、女の手練手管(てれんてくだ)は、
おれを向こうにとって、白い四本脚、

二八

生涯は「フランソワ・ヴィヨン伝説」を地で行くものがあって、おまけにかれに「ヌ・ム・キット・パ」の人気曲があった。「行かないで」という意味で、心変わりした女と、その新しい男の前で披露した歌だと言い伝えられております。ちなみにかれよりも一年早くシャンソン歌手としてデビューしたジョルジュ・ブラッサンスは、「遺言」の「むかしの女たちのバラッド」に曲を付けて歌っている。それがなんとも諧謔調でおもしろい。

いまだぞってときに、するりと抜ける、
おれとしては、だ、よそに植えなきゃならん、
ほかの寝型（ねかた）を、おれの束（つか）で叩かなきゃならん(1)
三二

(1)「寝型」「束」コイン製造の用語。寝型にコインの裏面（うらめん）の極印がきざまれている。それを金台にして、その上に地金を置き、先端に表面（おもてめん）の極印をきざんだ束をあて、ノミを打つ要領でたたいてコインを作る。中世のコインは打刻貨である。

五

そうよなあ、女の視線におれはつかまった、
あれは悪女の目つきだったんだなあ、
いいつけにそむいたことなんてなかった、
なのに、やれ、死んでみせなとおのぞみだ、
三六

それそれ、生きてなんぞいるなとご命令だ、
逃げだすほかに助かる道はなさそうだ、
どうやら女は生きた継ぎ目を切りたがる、
おおよ、おれの嘆きを哀れと聞こうともせず　　四〇

六

これはやばいぞ、なんとか逃げるには、[1]
一番いいのは、そうだ、旅に出ることだ、
さらば！　おれはアンジェーへゆく、[2]
なにしろ女に思し召しがないのだから、
おおよ、これっぽっちもないのだから、　　四四
女のせいでおれは死ぬ、五体生きながら、

四八

そうよ、ついにこのおれは恋の殉教者、
恋愛聖者の黄金伝説に名をつらねる

(1)直訳すれば「ダンジェー」に対処するとか、それを未然に防ぐというふうに書いていて、「ダンジェー」は「危険」という意味で、わたしとしては「やばい」にその語感をふくませたつもりである。「ダンジェー」は三行目の「アンジェー」に共鳴する。

(2)レール(ロワール)中流に北から入るメーン(メーヌ)河畔の大きな町。ここはなにもアンジェーではなく、ほかの町の名前でもよかったのだが、一行目の行末語に「ダンジェー」と書いた。だから、脚韻あわせで、三行目に「アンジェー」という町の名前をもってきたというほど、ここはかんたんな話ではない。「やばいぞ」が「アンジェーへゆく」に照応するわけで、それはそれなりにおもしろい読み方なのだが、さて、どうか。「遺言」一一節をご参照。

七

どんなにかおれに旅立ちがつらかろうが、
だんこ、女と別れなければならない、
なけなしの脳味噌しぼってかんがえるに、
おれをおいて、ほかの男をケルーンにからめている、
ブールーンの燻製ニシンそこのけに、(1)　五二
女は、なにしろ、その男にかわいている、
おれにとっては、なんともかなしい事件だ、
神さま、わが哀願をおききとどけください！　五六

(1)「ケルーン」は糸をつむぐ道具の「紡錘（つむ）」。「安寿は紡錘を廻すことに慣れた」（森鴎外『山椒大夫』）。次行の「ブールーン」はいまは「ブーローニュ」。「ヴィヨン遺言詩」とほぼ同時代の文章である『パリの住人の日記』や、『パリの家長』が家人のために書いた家事心得帖は、「フランドルのニシン」がパリで売られていたことは証言しているが、「ブールーンの燻製ニシン」については知らん顔である。

「燻製ニシン」は干からびていることと塩辛いことをいいたいらしいが、上物はそれほど干からびてはいない。「ヴィヨン遺言詩」の詩人は安物ばかりに接していたか。

八

なにしろおれは出立しなければならず、
帰ってこれるかどうか、自信はない、
おれは弱みのない人間ではない、
はがねの男ではなく、なまりの身でもない、　六〇
人の世に生きるはさだめなく、
死んでしまえば、なんにも残らない、
おれはこれから遠い国へ行く、
そこでおれはこの形見分けを書く　六四

九

はじめにあたって、父と子と聖霊の
御名において、また、かれが栄光の母の
御名において、御母のおとりなしによって、[1]
聖寵は人すべてを滅ぼすことがない、
つつしんで、わが名声を遺すは、
メートゥル・グィオーム・ヴィオンへ、[2]
わが名の鳴るはかれが名誉のためにこそ、
あわせて、わが天幕とわが幕舎一棟を[3]

六八

七二

（1）「聖寵」を垂れるのは三位一体の神であって、聖母マリアではない。聖母マリアの権能は「庇護すること」と「仲立ちに立つこと」にあ

る。詩人は中世カトリック教会の神学をしっかり踏まえている。

（2）パリのサンブネ（サンブノワ）教会の司祭。わたしはこの人物を「ヴィヨン遺言詩」の詩人と見込んでいる。「遺言」八七節をご参照。

（3）この一行、メ・タント・エ・モン・パヴィオンと書いていて、ここで天幕の訳語をとったタントが複数形で書かれていることにご注目ください。まあ、家来どもの何十張ものテントと一棟の壮麗なパヴィオンと、威勢を張ってみせたかったのでしょう。これがじつは形見分けの最初で、それから後、何十人もに遺贈を重ねたあげくに（まあ、個人宛てには三十人ほどですが、代官所の徒組とか、屋台の下に寝てるやつらとか、団体にもいくらか配ってますので）、「形見」最終節に「かれはテントもパヴィオンも、もう持っていない」と引導をわたされる仕儀にあいなります。その直前、まあ、モノはページを追ってご覧いただきたいわけで、三四節に、ヴィオンは、メレブフとか、ニクラ・ドゥ・ルーヴェとか、ペール・ドゥ・ルスヴィルなんかに、なんと卵の殻にエク金貨を詰め込んだのを遺贈している。もっともそのエク金貨、どうやら一八金ので、装身具向けの合金ですけどね。それが遺贈の最後です。そうして最終節を「テントもパヴィオンも、もう持っていない、なにもかもかれはともだちに遺した、手元に残ったのは、ほんと、わずかなカネ、それだってじきに人にくれてしまうわさ」としめている。それがまた、ふざけて、「手元に残ったのは、ほんと、わずかなカネ」をエ・ナ・メ・

一〇

ひとーつ、前にいった、ほれ、あの女に、
あの女、とことんおれを追いつめた、
ジュエっていうか、プレジーか、なんか、
快楽ってものから遮断され、遠ざけられた、

七六

クン・プー・ドゥ・ビオンと書いていて、ビオンは造幣所の用語で、金銀塊をいう。ですから、まさに、オカネですねえ。なんと、なんと、最終節の二、四、五、七行目が、八行詩の規則に則って、ヴィオン、エスクーヴィオン、パヴィオン、ビオンと脚韻を踏んでいる。おまけにヴィオン、ビオンとヴェー音とベー音の互換性を示唆する。四十節にわたる「形見分けの歌」の構成の、そういう仕掛けが、またヴィオンのもので、そういうもくろみをヴィオンはモン・プロポと呼んで自白している。おれの仕掛けです。どうぞ三九節をご覧ください。

おれは心臓を遺します、立派な箱に入れて、
ぐだっとして、血の気の失せたモノだけど、
こうなったのは、みんな、あの女のせいだ、
だけれども、神さま、あの女におゆるしを[1]

八〇

（1）なんともこの一節には参りました。二行目の「とことんおれを追いつめた」のところ、ma chasse と書いていて、これは動詞のつもりらしく、me a chasser の過去分詞ということで、おれをchasser したといいたいらしいのだが、まだまだサンブネのの時代はchacier を、そうそう気軽にchasser などと書くことはない。サンブネのと同時代人の権兵衛こと「パリの住人の日記」が用例を提供してくれる。一四二八年の記事だが、石弾を投げることをいうのにlancier と書いている。いまのフランス語ではlancer です。サンブネのがchacier をあえてchasser と書いたのは、それなりのわけがあって、五行目に「立派な箱に入れて」と見えるのはenchasse と書いていて、これは名詞のchasse に入れるという意味合いのen chasser の過去分詞のつもりらしいが、chasse は匱匣（ひっこう）、もっと平たくいえば箱のことである。トブラー‐ロンマッチは第一義に「聖遺物匱」と定義しているが、それは勇み足で、そういう文脈で使われれば、あるいはそう

いう性質の語彙と連語をつくっていれば、それでよいのだが、ふつうに箱の意味合いで使われている用例はたくさんあります。そのchasse のオルトグラフィーを活かして、脚韻あわせを考えて、結果、二行目のchacier、四行目のdechacier、七行目のpourchacier がchasser, dechasser, pourchasser のオルトグラフィー（語のかたち）をとらされる羽目になった。オルトグラフィーもさることながら、わたしがすごく気にしているのは、chacier のフォノグラフィー（音のかたち）です。chasse のそれといってもよいのですが、なにをいうのか、フランス語を知らないな。ラテン語のレスのフランス語のショーズをchose と書くように、ch は母音に引かれてｓの音を作るのだよ。覚えときなとどやされても、わたしはなお釈然としない。chancon はいまのchanson だからシャンソンと発音すればよいといわれても、『トルバドゥールのヴィダ（伝記集）』を見るとcanso, chanson などと書いていて、よくは知らないが、古歌を復元したと称するディスクなどで聞くと、「チャンソ」と聞き取れる。トブラー-ロンマッチのchacier を見ると、すくなからずcacier のオルトグラフィーが見られ、さらにまた、十三世紀の騎士道物語『ペルスヴァル』からkacier, 一三五三年に没したトゥルネのサンマーティン修道院長ジル・リ・ムイージの詩文からkachier のオルトグラフィーが引かれている。カセーでしょうねえ。「サセー」のフォノグラフィーを示唆するオルトグラフィーは、わたしはまだ見つけていない。chacier を「シャセー」、chasse を「シャッス」と読む作

法はわたしの了解以前にある。dechacier の用例がおもしろい。トブラー - ロンマッチの引いた dechacier の用例一四のうち、二例は decacier と書いている。しかもそのうちの一例は同じテキストの二九〇九ページには dechaseras と出るのが、二九三八ページには decaciez と見えるのだという。十二世紀の聖者伝で『殉教者トマ聖人伝』、一九二二年に出版されたスウェーデン王立人文科学研究所の出版物で、たしかな校訂本だと思う。異なるテキスト同士、dechacier と decacier と異なるオルトグラフィー（語のかたち）が見えて、これを時代のフォノグラフィー（音のかたち）で「デシャセ」に統一しましょうというのでは、decacier のテキストの立場がない。ましてや、同一のテキストに、せいぜい三〇ページの移動で違うオルトグラフィーが現れるということになれば、フォノグラフィーは両者に共通するものでなければならない。さて、どういうのか。分からない。

二

ひとーつ、メートゥル・イテ・マーシャンに、(1)

こいつにはどうやら一番借りがありそうだ、
切れ味は抜群、おれのはがねの大剣（たいけん）を遺す、
それともだ、角（つの）の旦那のジャンにするかな、(2)　　八四
ところがだ、大剣は飯屋（めしや）にとられちまってる、
なにね、飯代〆（めしだいしめ）て八スー(3)のカタにってことよ、
そこでだ、勘定書どおりに、だれか、たのむよ、
剣を請け出して、あいつに渡してやっとくれ　　八八

(1) この一行、「イーテ・マ・メー・リテ・マーシャン」と書いていて、これで八音節。それの「メー・リテ」の連音をはずして「メートゥル・イテ」と書いた。「メートゥル」は大学の学位取得者をいう敬称だが、「トゥ」の音はほとんど音に出ない。「メール」と表記した方が実際に近い。「イテ」はいまのフランス人の人名だったら「イチエ」と三音に発音する。それをここでは二音に発音する。実在の人物に該当するのを探す努力は報われないままになっている。

(2) 「ジャン・ル・コルヌ」の戯訳。この人物は「遺言」九五節に再登場していて、そこでは「ジャン・コルヌ」と書かれている。ここで

は定冠詞をつけて「ル・コルヌ（角）」と書いていて、「女房を寝取られた男」をそう呼んでいた。いまでもそうだという。その点を訳文に強調したかったので。

（3）貨幣のシステムは一二ドゥネで一スー、二〇スーで一リーヴル。ただし、トゥール貨とパリ貨の二通りがあって、パリ貨のばあいは「パリジス」とうしろにつけて呼ぶ。パリ貨の方が強いと設定されていて、その比は五対四。「八スー」はどのくらいの価値か。『パリの住人の日記』は一四四九年十月の日付の記事が写本にのこされた最後の記事だが、そのすこし前、サンジャンの夏祭りの頃合いの日付の記事に、「小麦は上等が八スー」と見える。ところが小麦は乱高下がはげしく、九年前、一四四〇年の記事には、「なにしろ上等の小麦が昨年は五フランしたというのに、一六スー・パリジスで買えるのだ」と見える。フランはリーヴルの言い換え。物価をくらべようにもあまりあてにできない。ちなみに小麦はステの単位で売り買いされていて、パリのステは、穀物について一五六リットル。

一二

ひとーつ、おれはサンタマン(1)に遺す、
白馬だ、なんと牝のラバもいっしょだぞ、
また、ブラル(2)には、おれのダイヤモンド、
と、シマウマだ、こいつ、あとずさり印だぞ、　九二
また、ご存じ、あの教書を遺す、一条一条、
オムニス・ウトゥリウスクエ・セクスス(3)、
カルム(4)びいきの例の教勅に対抗して(5)、だ、
司祭たちに、そのまったき有効性において　九六

(1)「遺言」九七節に再登場して、そちらでは「メートゥル・ペール・サンタマン」と呼ばれている。王家役人で、一四三〇年代、すでに収入役を勤めていたのがいる。それにあたるのではないか。「遺言」の方を見ると、どうやらペール・サンタマンのつれあいと詩人とのあいだに確執があったらしい。そのことが「牝のラバ」というような悪口にからんでいる。

（2）両替橋（大橋）に店を出していた金銀細工師ジャン・ドゥ・ブラルか。一四六〇年と六一年のパリ司教裁判所の記録に出る。これは「ラーン・レエ」、縞柄のロバなどをのこされている。つまり、そうからかわれているということで、ペール・サンタマンとそのつれあいに対するあてこすりとあわせて読むと、なにやらこの三人のあいだに描かれた色模様をあげつらっているように見える。次行にことあげされている「教書」の冒頭の章句が、また、この人間色模様を一段と濃く色づけするようにも見える。なお、「遺言」九七節をご参照。

（3）この一行、ラテン語の読み下しで、「男女両性全ての者」という意味で、すなわちキリスト教徒を指している。キリスト教徒たるものは、年に一度は司祭に対して懺悔をしなければならないという取り決めの法王命令書の書き出しの章句である。

（4）パリのセーヌ左岸、モーベール広場の脇に広壮な僧院を構えていた托鉢修道会「カルメル会」の修道士のこと。法王ニコラス五世がこの修道会に懺悔聴聞の権利を与える教勅を出したのが騒動のもとになった。次の法王が、それを撤回して、教区司祭の権利を守った。なお、「形見」三三節、「遺言」一一六〜一一九節をご参照。

（5）三行前、一二節五行目の「教書」の原語はdecret、この行の「教勅」はbulleで、小林珍雄編『キリスト教用語辞典』など諸書を参

考にした。

一三

おなじく、メートゥル・ルベー・ヴァレに、(1)
パールマンの、クレーといえばクレーだが、(2)
なんせ、山谷って、自分の名前も書けやしない、(3)
まずもって、おれは遺言する、すみやかに、　一〇〇
この者に与えよ、飲（の）み代（しろ）の質にとられて、
酒場トゥルミレーにあるおれのさるまたを、(4)
ちょうどおにあい、あたまにかぶるは、
おともだちのジャーン・ドゥ・ミレー(5)　一〇四

(1) いまのフランス語で書けばメートル・ロベール・ヴァレ。

（2）「プール・クレージョン」と書いていて、懐が寂しい一介の書記というほどの呼びかけ。

（3）名前の「ヴァレ」が「谷」に通じる。

（4）「メ・ブレ」と書いているのをこう訳した。いまふうにいえばカルソンとかトランクスとかの類の下穿きで、これは複数形で書かれている。だからいって、カルソンを二、三枚というふうに読むのはナンセンスで、「ブレ」は中世では複数に書かれた。脚を入れる筒っぽが二本あるではないか。「わたしの腰を覆う unes braies ウーン・ブレ」という用例がある。一対の概念を示す不定冠詞 uns ウンと、その女性形 unes ウーンがあった。

（5）「酒場トゥルミレー」と「ジャーン・ドゥ・ミレー」が脚韻を踏んでいる。「トゥルミレー」はいまの発音で「トゥルミリエール」で、腿を保護する甲冑部品「腿甲」をいった。「ジャーン・ドゥ・ミレー」の「ミレー」は、いまの発音で「ミリエール」で、なにか「女千人」をいっているようにも読める。「トゥルミレー」も、「トゥル」が穴あるいは巣穴だから、「女千人の巣穴」というふうにも読めて、おもしろい。「遺言」一三五節をご参照。

一四

なにしろ都合のよい立場にいるんだ、
あいつは、もっと稼いでいいはずだ、
聖霊もそうさせなと命じておられる、(1)
なんともサンスに欠けてるやつだからねえ、
そこで、おれは腹を決めた、なにしろ、
サンスもオメールもカラないやつなんだ、(2)
モーパンセん(3)とこからとりもどしてやろう、
記憶術(4)をだ、あいつにくれてやれるように

一〇八

一一二

(1) アルスナール写本だけ、ここのところ「シャリテ・ミ・アモネストゥ」と、「慈善の志」を主語に立てているが、ほかの写本は一致して「ル・サンテスプリ・ラモネストゥ」と「聖霊」を主語に立てている。どうしてここに「聖霊」が出てくるのか、わたしにはわからない。わからないということがわかっているのかいないのか、諸

家の態度はあいまいをきわめる。また、これは注の注のようなことになるが、アルスナール写本だけが「シャリテ・ミ・アモネストゥ」と書いていると書いた。そのシャリテの読みが問題なので、この読みは近代語である。十四世紀以前のテキストについて、トブラー - ロンマッチを見ると二〇ほど用例が引かれていて、うち八例はシャリテとは読めない。サリテないしカリテとしか読めない。十三世紀末にリールで制作されたと見られる慣習法集成には、語頭をkと書く綴り字が見られ、これはもうカリテとしか読めない。こうなると、二〇例のうち一二例まではシャリテだから、などと脳天気にかまえていてよいのだろうか。十五世紀に入れば、カリテもサリテもシャリテだときめつけておいて、それでよいのだろうか。

（2）「サンス」は第一義に理解力、平たく訳せば「あたま」。綴りが一字ちがうと「収入」。「オメール」は近代語で「アルモワール」、貴重品を入れる蓋付きの大箱をいう。ぜんぶあわせて、「あたまもなければ、稼ぎもなく、金櫃ももってないやつ」。もっとも「オメール」は紋章を意味する「アルムール」と同根で、この「ないシリーズ」に「紋章」もくわわる。騎士道がらみの遺贈シリーズは、この節でも途切れていない。

（3）「考えなし」とか「悪意」とか、抽象名辞。『ばら物語』から出る擬人化ではない。だが、ここは、アルスナール写本はともかく、「スル・モーパンセ」と書いていて、「モーパンセのところから」と、

擬人化表現と見てよいだろう。

（4）当時版を重ねた記憶術の本。やり手の弁護士には必要なかったろう。それなのに、「モーパンセのところからとりもどしてやろう」と、なんともご親切なことで。

一五

またまた、なんとか援助してやんなくっちゃあね、
いや、その、問題のメートゥル・ルベーをさ、
だからって、あんたがうらやむ筋のことではない、(1)
わが親よ、わが鎖かたびら(2)を売れ、そのかね、
あいや、全部は惜しくば、その大方をもって、
きたるべきパックって、復活祭が祭期の間に、(3)

一一六

ここなプーパーって、小僧に買い与えるべきは、
サンジャックが脇のフネストゥルって、小店一軒[4]　一二〇

(1)「プー・ディュー・ニ・エーエ・プエン・ダンヴィ」と書いていて、この「エーエ」は「アヴェール」という「持つ」を意味する動詞の命令形である。それが、大方の写本の書写の通りとすると、これは単数二人称の命令形で、ひとつだけ、パリの国立図書館にある「ベー写本」と呼ばれる写本だけは、複数二人称に書いている。「あんたがうらやむ」が「あんたがたがうらやむ」と、読み方が微妙に変化する。もっともじつは両方とも互換性のある語形だから、そのあたり詩人自身がかなりいいかげんに書いているということかもしれない。

(2)漢字では「鎖帷子」と書く。鎖編みに作った鎧。「ヴィヨン遺言詩」の詩人の若いころ、「ジャンヌ・ダルク」が活躍したころに板金鎧が普及する。だからこの一節は古風に歌っている。訳文もそのように整えた。

(3)「ドゥダン・セ・パック」と書いていて、「ドゥダン」は「のあいだに」、「セ」は、このケースでは「きたるべき」というほどの意味。「こんどの復活祭に」というふうに読めばよい。「復活祭」は、いま

のフランスのカトリック教会は、春分後の最初の満月後の日曜日と定義している。これはイエス・キリストの受難の金曜日の二日後の日曜日を指していて、一方、「パック」は広義に「タン・パスカル」をいうこともある。これは「復活祭」から「聖霊降臨の大祝日」までをいい、「主日」は八度を重ねる。これを指していると読んでもよいし、また、さらに大きな括りとして「シクル・ド・パック」がある。これは「復活祭」の前の「四旬節」も含めた括りで、「シクル」は物事が一巡する期間をいう。これを指していると読むこともできる。

（4）「ウンヌ・フネス・トランプレ・サン・ジャック」と書いていて、これで八音で、連音をはずして読めば「ウンヌ・フネストゥル・アンプレ・サン・ジャック」で「フネストゥル」はなにしろこうしか読みようがない。十三世紀の『エスティエン・ドゥ・ブエローのメテの書』の「パン屋」の条に出てくるのを見ても、トブラー・ロンマッチが何十もあげている用例を見ても、語形にまったく異同がない。これほどヴァリアントのない語もめずらしい。どうも、その何十もの用例から見て、「フ・ネス・トゥル」と三音に読んだらしく、一七六八年にパリで出版されたフランスェ・ラコンブあるいはラクームの『ロマン語あるいは古いフランス語の辞典』は、むかしは商店はいまのように開けっぴろげではなくて、窓を通して売り買いしていたのだと説明していて、これはわたしが知る限り、中世フラ

ンス語で小店のことを「フネストゥル」、すなわち窓と呼んでいたのはなぜか、一番分かりやすく説明しているケースである。両替橋を渡ってシャトレの壁沿いに行くと左手に「ラ・グラン・ブーシェリー（食肉業同業組合）」の建物、右手にサンジャック・ドゥ・ラ・ブーシェリー教会堂が見える。その教会堂の壁を借りて、いまふうにいえば代書屋の小店が並んでいた。

一六

ひとーつ、これぞ実正、無償贈与だぞ[1]、
おれの手袋とおれの絹地の陣羽織、
わが友、ジャック・カルドンへ[2]、
ヤナギの林でとれるドングリもだ[3]、
それに毎日、いちわのふとめのガチョウ、　一二四
くわえて去勢鶏いちわ、肥満体のだ、

白堊（はくあ）の白ブドウ酒を一〇樽、ムー樽でだ、(4)
おまけで、訴訟二件、肥満防止になるぞ

一二八

(1)「アン・プー・ドン」と書いている。「ウソではありません、無償の遺贈です」と詩人はイキがっている。

(2)「ヴィヨン遺言詩」に登場する人物に若い年頃のは少ない。それが「ジャック・カルドン」は若い。一四二三年の生まれという。サンブネ教会の司祭ヴィオーム・ヴィオンの同僚の年若の弟。すぐ上の兄と一緒に、プチポンに店を出して、毛織物を商っていた。「フランソワ・ヴィヨン伝説」では、「フランソワ・ヴィヨン」はグィオーム・ヴィオンの養子という扱いになっている。なんと、サンブネの司祭の同僚の弟だという！　年格好も釣り合っている！　というわけで、従来、諸家のあいだに絶大な人気の存在である。なお、カルドンの読みはカードゥンの方がよいかもしれない。この語は普通名詞でテキストに出てきていて、トブラー‐ロンマッチは「ドアの蝶番」という意味の用例をこう引いている、「カルドノーはカルドンのようにカルディナルで、なにしろカルドノーを通して法王はパルドン祭をひらき、またとじるのだから。」だから、これはむしろこう書くべきだろう、「カードゥノーはカードゥンのようにカーディノーで（なくてはならないもので）、なにしろカードゥノーを

通して法王はパードゥン祭（免罪符を発行する祭祀）をひらき、またとじるのだから」

（3）「ル・グラン・オーシ・ドゥヌ・ソースェ」と書いている。写本によって異同はない。訳した通りの意味合いだが、なんともこれはヤバイ発言で、とうていこの簡略を旨とする注記ではご説明できない。この詩節はぜんたいとして「わが友、ジャック・カルドン」の美食ぶりをからかっていると思われるが、『テーヴァン（タイユーヴァン）』を見ても、『パリの家長』を見ても、さすがにドングリは食材として登場してはいない。『パリの住人の日記』にパン粉にまぜる話は出てくるが、これは、まあ、飢餓食でしょうねえ。「ヤナギ」ではなく、まっとうな林の秋の稔りのドングリは、『ベリー侯のいとも豪華なる時祷書』の暦絵など、いろいろな絵画資料に豚に与える餌ということで描かれている。

（4）「ディス・ムー・ドゥ・ヴィン・ブラン・コンム・クルェ」と書いていて、「クルェ」が二行目の「絹地の陣羽織」の「絹地の」の「ドゥ・スェ」、四行目の「ヤナギの」の「ドゥヌ・ソースェ」、五行目の「いちわのふとめのガチョウ」の「ウヌ・グラッス・ウェ」と脚韻を踏んでいる。「ムー」は容量単位で、液体のばあい、パリのそれは一三四リットル強。なお、五行目の「ウヌ・グラッス・ウェ」は実際にはリエゾンをきかせて「ウヌ・グラッスェ」と読む。この行全体で「エ・トゥー・レ・ジュー・ウヌ・グラッスェ」で八

音節に読む。

一七

ひとーつ、おれはノー・ロンムのルーネに、
ドゥ・モンティニー[1]だ、犬三匹を遺す[2]、
ジャン・ラグエ[3]には、遺す、金百フラン也、
百フランだぞ、まるまるおれの財産からだ、　　一三二
とんでもない、自分のものにしたりはせんて、
いずれおれのものになる分があったってだ、
自分のものだと、やたら取りこんではならん、
あまりにもたくさん、ともだちに要求してはならん　　一三六

（1）いまは「ルニエ・ド・モンティニー」と発音する。王太子シャルルにしたがってレール河畔に下った役人のひとり、ジャン・ドゥ・モンティニーの息子。悪事働きで世を騒がせ、一四五七年、パリのモンフォーコン刑場で吊された。詩人は知人の息子の悲劇を傷んでいる。モンティニー領はパリの南西、サンジャック門から直線距離で二〇キロメートルのオルセーにあった。いまのビュール・シュール・イヴェットのあたりである。ルーネは、一四四三年から四五年のあいだに、父親の死後、モンティニー領を相続した。ルーネは「ノー・ロンム」である。いまのフランス語で「ノーブル・オム」で、ふつう「貴族」と訳語をあてられる。しかし、この時代、「ノール（ノーブル）」は、まだ「貴族」という日本語にあたる語感を持っていない。「領主の」である。サンブネの司祭の見るところ、ルーネは領主の息子であり、また、領主だった。

（2）狩猟は領主のスポーツだった。サンブネの司祭はルーネ・ドゥ・モンティニーに猟犬三匹を遺贈する。遺す相手はすでに死から生へおもむいた（「遺言」一七五節をご参照）。それもモンフォーコン刑場で絞首されたルーネに、どうして「タカ三羽」を遺贈することができようか。「モンフォーコン」、すなわち「タカの山」である。タカ狩は領主ルーネ・ドゥ・モンティニーのスポーツではない。かれは地獄で猟犬狩をあそぶ。

（3）ジャン・ドゥ・モンティニー同様、王太子を担いでレール河畔に

一八

ひとーつ、グリニーの領主(1)に、
ニジョンの城(2)の城代番職を遺す、
また、六匹の犬、モンティニーより多いぞ、
ヴィセートゥルの城と天守(3)もつけてやろう、

一四〇

下った王家役人エモン・ラグエの息子のひとりに、一四〇三年生まれのジャンがいる。だから、息子といってもこちらは詩人と同年輩。一四四九年に「パリ市のバーラジュ税」収税人、一四六一年に「ラーンの倉庫管理人」として記録に出るとシャンピオンは調べ出したが、どうももうひとつ正体がはっきりしない。「バーラジュ」は「境界の柵」とか「川水をせき止める堰堤」とかが原義で、荷馬車（たとえ空でも）や荷馬などにかける入市税。この前後、詩人は知人の息子たちのことをあげつらっている気配がある。それがここでは自分と同世代の人物が話題になっている。そのあたり、あいまいな気分がただよっている。なお、「遺言」一〇五節をご参照。

しかして、ここな呪われたる悪魔の子、
羊め、(4) あやつを訴訟狂いさせている、
こやつに、革帯束鞭のたたき三打を遺す、
そうして、足枷はめた平和なおねんねを

一四四

(1)「イーテ・モ・セヌー・ドゥ・グリニー」と、あっさり「セヌー」、領主と書いていて、ルーネ・ドゥ・モンティニーのように、「ノー・ロンム」などと、やっかいなことはいっていない。ただし、「遺言」一八三節に三度目ということで登場したかれは「フェリップ・ブルノー、ノー・レクエ」と名乗っている。王妃家役人エスティェン・ブルノーの息子。一四三九年に父親が死んだとき、一四、五歳。だから、一四二四、五年の生まれ。詩人が主人公に仕立てた「フランソワ・ヴィヨン」は一四三〇年ごろの生まれとされているから、ここのところ、ジャック・カルドン、ルーネ・ドゥ・モンティニー、フィリップ・ブルノーと同年輩がそろっている。それが、そのどれにも、「知人の息子」の影が差している。なお「遺言」一八三節の注記をご参照。

(2) パリのトロカデロ広場のあたり、セーヌ川沿いの段丘にあった城。

（3）パリの南、ポルト・ディタリーを出てすぐのクレムリン・ビセートゥルのあたりにあった。大きな円筒形のドンジョン（天守）が人目をひきつける。

（4）「ムートン」と書いていて、これは「ムートン・ドール（神の小羊極印の金貨）」をいっている。続く最終二行はこの金貨の極印の図案の「ブレイゾン」（紋章を言葉で説明すること）である。外縁円帯に「神の小羊」式文の銘文。「アグヌス・デイ・クィ・ペカータ・ムンディ・ミセレーレ・ノビス（われらを憐れみたまいて罪の汚れを除きたまう神の小羊）」。円帯内側に小数珠の環。そのさらに内側に半円つなぎの飾り罫。円のスペース中央に縦長の十字架。交叉部はほとんど上端に近い。上端と左右両端に三弁花の花模様。ユリ紋か。先端がふたつに裂けた旗印が右になびいている。中央に小羊。左手の頭をまわして後背に向けている。羊の足許に「カロルスレックス（シャルル王）」の組み文字。イメージをお作りいただけたであろうか。「先端がふたつに裂けた旗印」が「革帯束鞭」、「足許にカロルスレックスの組み文字」が「足枷」である。

一九

ひとーつ、夜警隊長の騎士殿には、だ、
かぶとをさしあげよう、ル・エオームだ、[1]
家来の徒組には、だなあ、用心しいしい、
屋台を伝って、手さぐりで、暗やみをゆく、
おれがいただきの上物だ、ランターンだ、[2] 提灯（ちょうちん）だ、　一四八
牛乳石通りの、もとい、ペー・ロ・レ通りの、[3]
おれはおれで、なんと三つユリが手に入るかも、
あいつらに、シャトレに連れていかれたらねえ　一五二

（1）「夜警隊」は、パリ市役所とシャトレがそれぞれ人数を出して編成する警備隊。隊長は騎士身分の者（シュヴァレ）と決まっていたが、どうやらこの詩文を案じていたころ、ふたりの従騎士（エクエ）がこの職を争っていた。だから「かぶとをさしあげよう」がからかいになる。かぶとは近代語ではオームだが、サンブネのの時代にはエオームと、接頭辞をきかせていたらしい。

（2）「ル・エオーム」は酒場の看板でもある。「ランターン（提灯）」もおそらくそうで、だとすると、王家紋章にひっかけた酒場「三つユリ」はシャトレのなかで営業していたのだろうか。「三つユリ」は「レ・トゥレ・リ」と書いて、これは銀貨の通り名でもあって、物は一四二三年十一月、いまだ野にあったシャルル七世、通称ドーフィンが、ブールジュで製造発行せしめた「ブラン・ソー・トゥレ・リ」三つユリ紋の銀貨である。表は上ふたつ、下ひとつのユリ紋、ぐるりの文字帯に「カロルス・フランコールム・レックス」シャルル、フランス王。目方三グラム〇六、銀含有比三九九（千分比）と、まあまあの銀貨だったのだが、三年後、一四二六年十一月に四版目が出て、目方は三グラム〇二だから、まあまあとして、千分比の方は二三九と、かなり下がってしまった。ムリもないですよ、この時期の王太子の置かれていた状態を思えば。むしろおもしろいのは、なんでまた、こんなローカルな古銭をサンブネのは持ち出してきているのか。サンブネのの青春時代のコインだったわけですよ、これは。ひそかにパリに持ち込まれた王太子のコインは、反体制派のパリの若者にとってシンボル価値が高かった。なお、「ランターン」は近代英語の発音の、むしろ「和製英語」の「ランターン」のなぞり返しと誤解されそうだが、この一行「ラ・ランターン・ナ・ラ・ペー・ロ・レ」と八音に読む。「ラ・ランテルヌ」などと「近代仏語」調に読もうものなら、九音、一〇音にふくらみかねない。

(3) サンジャック・ドゥ・ラ・ブーシェリー教会の壁沿いの通り。ジャック・イレーレの本によれば、一四三九年の年次の記録に「ペー・ロ・レ通り」と出るという。連音をはずせば「ペール・オ・レ」で、「牛乳の石」だ。ところが一二五四年の記録には「ペー・ロレ」と書いてあるという。どうやらもともと人の名前だったらしい。その音の形が「オ・レ」（カフェ・オ・レのそれ）の意味づけを引き出してしまったということらしい。その道沿い、教会堂の壁沿いに代書屋が店を出していて、これについては「形見」一五節をどうぞ。だからル・デ・ゼクリヴァン、代書屋通りとも呼ばれたらしいが、そのあたりについてはイレーレの本はあまり親切ではない。

二〇

ひと一つ、メートゥル・ジャック・ラグエに、(1)
プピンの水飼い場を遺す、(2)
モモ、ナシ、シュガー、イチジクの木、(3)
いつでもおすきな逸品料理を召し上がれ、

ポンム・ドゥ・ピンの松ぼっくりのあなぐら、(4)
とじこもって、火にあぶって、足の裏、
ジャクーピン服にぬくぬくくるまって、(5)
プランテしたけりゃプランテすりゃあいい(6)

一六〇

(1)「形見」一七節の注記に紹介したエモンとジャンのラグエ親子の親戚筋で、父親のルービンは王太子の家政の台所番役として名が挙げられている。ジャックはどうやら詩人の飲み友だちだったらしい。なお「遺言」一〇一節をご参照。

(2) 両替橋のすぐ下流に石積みの河岸の間道をくぐって水辺に降りられるところがあって、馬に水を飼う場所（アブーヴレー）だが、そこが「岡場所」にもなっていたことを、この一行は示唆している。なお、「注釈」では「プピン」は「プーパン」と書いている。

(3)「シュガー」は「スクル（砂糖）」の戯訳だが、「イチジクの木」が妙だ。「フィグエ」と書いている。初行の行末語の「ラグエ」に脚韻をあわせようとしたのだろうが、なんともムリしている。「イチジク」と読めばよいのだろうが、それにしてもこの食材のとりあわせはなんとしたことか。フルーツ・コンポートでも作ろうという魂胆か。

（4）ノートルダムの前の通り、ラ・ジュヴリー通りに暖簾を出す飲み屋。

（5）後代の発音は「ジャコバン」。パリの南門サンジャック門の脇に広壮な境内を構えるドミニコ会修道院。そこの修道士が着る頭巾付きのゆったりしたケープをいっている。

（6）「プランテ」は「植える」。「ヴィヨン遺言詩」に、ほかに二個所に出て、ひとつは「形見」四節の「よそに植えなきゃならん」、ひとつは「ノアがブドウを植える」。「遺言」一二五節のあとの「ジャン・コタールの魂のバラッド」に出ている。

二

ひとーつ、メートゥル・ジャン・モータンと、
メートゥル・ペール・バザネーに、(1)
かれらがご主人さまの覚えめでたきを、

容赦することなく曲事(くせごと)を糺(ただ)すお方だ、[2]
また、おれのプロクールー、フールネーには、[3]
丸帽と、すねまでおおう室内履き[4]を遺す、
おれの靴屋んとこで裁たせたやつだ、
いてつくこの冬に履けるようにねえ

一六四

一六八

(1) この二行、人名をならべているだけで、日本語のカタカナ表記で字数をそろえるのも限界がある。だから二行目はちょっと足りない感じ。シャトレの「エッサミナトゥー(取調人)」と「ノテール(公証人)」。「遺言」一三八節をご参照。

(2) かれらの頭目が「プレヴォー・ドゥ・ルエ・ドゥ・パリ(王のパリ代官)」。「遺言詩集」がまとめられたころあいにはロベール・デストゥートゥヴィルがその役についていた。「遺言」一三八・一三九節とそれに続くバラッドをご参照。なお、この二行は「ル・グレ・ドゥ・セヌー・クィ・アタン/トゥルール・フォーフェ・サン・エスパルネー」と書いていて、直訳すれば「愛顧を、領主の、糺す/不穏な犯罪を、容赦することなく」だが、「注釈」では「トゥルール・フォーフェ」、近代語の読みでは「トゥルーブル・フォル

フェ」の「トゥルール」を名詞と誤読した。その後、「トゥルール」は「フォーフェ」にかかる形容詞と分かった。「不穏な犯罪」です。それを「曲事」と訳した。

(3)「プロクールー」は「代訴人」と訳す。法律行為を代行する専門家をいう。サンブネ教会の僧会の代訴人として数多くの記録に名を出すペール・フールネーを指している。「おれの」が効いている。「フランソワ・ヴィヨンの」であろうはずはない。サンブネ教会の司祭グィオーム・ヴィオンの「おれの」である。なお、この呼びかけは「遺言」一〇〇節でもかわらない。

(4)「ショス・スメレ」と書いている。「ショス」は股引あるいはズボンで、「スメレ」は「靴底のついた」で、あわせて室内用のブーツですねえ。なお、「遺言」一〇一節をご参照。

二三

ひとーつ、肉屋のジャン・トゥルーヴェに、(1)
ムートンを遺す、あぶらがのって、やわらかい羊だぞ、

ハエをおっぱらうボロっきれもつけてやろう、
店で売ってるかんむり牛にたかるハエどもをねえ、
牝牛もつけるが、こいつはつかまえられたらだ、
いや、なに、そいつを肩にかついでる百姓をねえ、
もしもだよ、よこすのことわってきたら、吊るしちまえ、
いいから、いいから、丈夫なツナで絞め殺しちまえ(2)

一七二

一七六

(1)「ラ・グラン・ブーシェリー・ドゥ・パリ」(シャトレ前広場に組合本部を置いているパリの最大手の食肉業者組合)の記録に「雇い」「皮剥職」と出る。

(2)「ムートン(羊)」をはじめ、「かんむり牛」「牝牛を肩にかついでいる百姓」は、いずれも看板をいっているように見える。肉屋の商売に関係するこれらの家畜を戯画風に描いて、ジャン・トゥルーヴェをからかっている。サンブネの司祭とよほど近しい仲だったのか。それにしてもこの暴力主義的なタッチはどうだ。ジャン・トゥルーヴェが暴力主義者だとあげつらっているのか。サンブネの司祭が暴力をけしかけているのか。諸家はくちごもる。「遺言詩集」にはこ

このほかに、すぐこのあとの二九・三〇節とか、「遺言」の一五二節、とりわけ「皆の衆に、おれはお慈悲を乞いもとめるのバラッド」とかに、暴力主義の臭いが立ちのぼる。それぞれの詩節を参照ねがいたい。ただ、「形見」二九・三〇節と「遺言」一五二節の注記に感想を述べたように、じつは「暴力」のテーマと近接して「施物」のテーマが歌われている。これは印象的である。

二三

ひとーつ、ペルネ・メルシャンに、
人呼んでラ・バールの私生児(1)っていうんだが、
なにしろ、この男、商売上手(2)なんだから、
ワラ束の三束も遺そうか、なんにするって?
地面の上にさ、きれいに敷きならべてさ、
せいぜいつとめて、お仕事に精出しなって、

一八〇

なんせ、その仕事で食わなきゃならんのだ、
なんせ、ほかに稼ぎを知らんのだから[3]

一八四

（1）「ラ・バール」は紋章楯面に斜めに入った帯をいう。その家の正嫡ではない。庶出であることを示す。ここのところ、原文を読み上げれば「ル・バスター・ドゥ・ラ・バール」で、じつは「ル・バスター」でその者が庶出であることが十分示されている。「バスト」は「荷鞍」をいい、騎士の乗馬の鞍とはちがうのだ。だから「紋章にラ・バールを入れているバスタード」と、ここのところ詩人は自分で注を入れているの観がある。

（2）名前にかけて「ボン・メルシャン」と書いている。「メルシャン」は「踏む、こねる」の意味の動詞からきている。いささか剣呑な「商売」のイメージだ。語の形はマルセアンないしマルサン、あるいはマルケアンがふつうで、メルセアンやメルサンの形は、騎士道冒険物語の『フロレモン』などに異本ということで出る。マルシャンあるいはメルシャンの音の形はじつは実証されない。近代調の読みである。

（3）「お仕事」「その仕事」と重なってしまうので訳者自身とまどっている。「注釈」の方では、なにしろ「ラムルー・メテー」と書いてい

るのだから、当然でしょうというような顔をして、「色事」などと訳し、それとも「色事師をやんなって」かな、などと妄想していたようだが、「色事」は男女間の本真の情事をいい、あるいは芝居の情事の仕草をいう。稼ぎとしての情事をいうのではない。それをいうのならやはり「お仕事」だと思い返した次第。

二四

ひとーつ、ル・ルーに、ショレに、(1)
おれはカモを遺す、ふたりで一羽だ、
城壁の上でつかまえた、みんなやってるよ、
あそこのお堀端のさ、夜更けにねえ、(2)
大外套もだ、これはそれぞれに一着、
足までとどく、コルドゥレ坊主のだ、(3)
たき木と炭、肉じゃがならぬ豚豆炊き込み、

一八八

一九二

それにおれの長靴、ただし、足のところはなし(4)

(1)ふたりともシャトレの「雇い」だったのではないか。セーヌ川に汚物を投げ込ませないよう見張るとか、「カモ盗人」をつかまえるとか、なにしろ人のやりたがらない仕事を請け負っていた。

(2)十四世紀後半のシャルル五世の時代に、十三世紀のフィリップ・オーグストの時代に設けられたパリの東の城壁がこわされて、その跡地に代官屋敷が建てられた。そのそばにまだ古い城壁と堀割が、一部残っていた。そこのことをいっているのではないか。「ショレ」が『ジャン・ドゥ・ルエの年代記、別名醜聞年代記』に出る「カザン・ショレ」だとすると、かれはそのあたりで「樽屋」を営んでいた。

(3)フランチェスコ修道会の修道士をいう。もともとは謙譲の印に荒縄(コルド)で腰を縛っていたことに由来する。段々、帯は贅沢になった。パリのコルドゥレはサンジェルマン門の脇に長々と塀を立てていた。

(4)「長靴」の原語は「ウゾー」。これはもともと騎乗用の革脚絆だったが、「ヴィヨン遺言詩」の時代には足部のついた、太腿にまでとどくブーツをこう呼んでいた。「足なし」の戯れ言はこれをうけている。

「サン・ザヴァンペ」と書いていて、「アヴァンペ」はソックス、とくに長靴下の足部をいった。「ショッスのアヴァンペはあまりきつくないのを履きなさい、靴も」という用例文をトブラー・ロンマッチが引いている。「長靴下の足部」という意味合いである。ここでは「ウゾーのアヴァンペ」ということで、「ブーツの足部」ということになる。足部がないブーツはブーツではない。わたしはピーター・デイルの英語訳は気に入っているが、ここのところは「マイ・キャップレス・ブーツ」などと訳していて、ピーターにして読めなかったのだと分かる。「キャップレス」はふつうの辞書には出ていない。「ウェブスター第三版」とか「オックスフォード・イングリッシュ・ディクショナリー」を見ると、「帽子をかぶっていない」という意味合いで、ようやく十九世紀のある作家が使っていると分かる。もっとも「ウェブスター」の方はただ「ビーイング・ウィズアウト・ア・キャップ」と書いているだけで、「キャップ」の中身についてはなにもいっていない。中身が頭だと分かるのは「オックスフォード」の方で、「キャップレスなので髪の毛が風に流れた」という例文を引いている。そこでここのケースだが、「ウゾー」が「キャップレス」というのはどういう状態をピーターは想像しているのか？　わたしは「注釈」の方で「甲なし」と訳し、解説している。これはルイ・チュアーヌのあたりから、根拠ははっきりしないながら、「アヴァンペ」を「アンペーニュ」と読み替えようという態度がかたまって、それを日本語に移せば「甲」だから、どうやら

諸家は「ウゾーの甲」と読んでいるようだからと、『形見分けの歌』注釈の仕事をしていたころは、トブラー - ロンマッチにすぐにアプローチできる環境がなかったものだから、わたし自身、そのまま流してしまったということで、「ウゾーの甲」ではなんのことだか分からないではないですか。その後、環境が整って、読み返してみたら、このていたらく。ついでのことに再チェックしたが、「フランソワ・ヴィヨン研究」の第一世代のオーギュスト・ロンニョンは「アヴァンペ」と校訂しながら、「語彙・索引」に項目を立てることさえもしていない。二十世紀に入って、ピエール・シャンピオンは「アヴァン - ピエ」と、なぜか分かち書きして見せているだけで、語意についてはなんのコメントもない。「前 - 足」ですか。シャンピオンの本が出たのは一九一三年、チュアーヌの本は一九二三年である。だから仕方がないといえるかもしれない。わたしがいうのはトブラー - ロンマッチの「古フランス語辞典」の第一巻「A・B」が出版されたのは一九二五年だった。それの「アヴァンペ」の項目を見れば、さきほどわたしが紹介した用例文がのっている。まだ出ていなかったからと弁解したいだろうが、じつはトブラー - ロンマッチは分冊で一九一五年から刊行がはじまっていて、「アヴァンペ」の項目は第四分冊にふくまれていて、チュアーヌの本が出た頃には、書店の片隅に並んでいたはずである。それとも、第三共和制のフランス人学者は、ドイツ帝国、戦後はワイマール共和国の学者の仕事なんぞ、見たくもないという態度だったのかなあ。チュアーヌの本

が出てから後の「フランソワ・ヴィヨン研究者」についてはわたし
はなにもいわない。いえばきりがない。

二五

ひとーつ、慈善の心から、おれは遺す、
すっぱだかの三人のこどもたちに、
いまこの遺言書に名前をあげる、なんせ、
すっかんぴんの、みなしごだ、実正、
靴もはかなきゃ、なあんも着てない、
まるはだか、ミミズのようだ、こりゃあ、[1]
ともかくだ、なんか着るもんやっとくれ、
せめてさ、この冬を過ごせるようにねえ

一九六

二〇〇

二六

その名は、まずはクーリン・ローラン、
ジラー・ゴスイン、ジャン・マルソー(1)、
財産といってもなんにもなく、身寄りなく、
手桶の柄ほどの値打ちさえないやつらだが、
おれの持ち物から、それぞれが一荷(いっか)、
おかねがいいんなら、ブラン玉四つだ(2)、
いつかは御馳走にたっぷりありつけようて、
坊主たち、おれが年寄りになるころにはね

二〇四

二〇八

(1)「なにしろ着ているものなんか、みんな売ってしまうので、貧困はミミズのように丸裸だ」と、『ばら物語』に見える。「ヴィヨン遺言詩集」は本歌取りの文学であって、本歌といえばまず『ばら物語』である。

（1）ここに名指された三人は、そろって「遺言」一二七〜一三〇節に再登場する連中で、そこで「サリン」という町の名前が話題になる。ここ、パリからサリンまでのどんなこどもたちよりもこの三人はおりこうだとほめている。サリンはブルグント領、いまのフランシュ・コンテの町で、製塩業で知られた。ブルグーン（ブルゴーニュ）侯家もサリンに塩井戸を持ち、サリンの塩をつかって、塩の専売をはじめた。塩の専売はフランス王家の方が先輩だった。この三人は、それは香料商であり、シャトレの公証人であり、毛織物商ではあったが、それは表の顔というか、それが裏の顔か、かれらは「王の塩番役」をつとめていた。クーリン・ローランはセーンの支流イーオン（ヨンヌ）川筋のオーセールに「王の塩倉庫」をあずかっていた。ジラー・ゴスインはセーン下流のルーアンで、ジャン・マルソーはルーアンとパリの中継点のヴェルノンで塩番役をつとめていた。ヴェルノンからセーンの上流、ウェーズ、エーン、マルン、イーオンと、いくすじもの支流にわかれて、扇状にひろがる「イール・ド・フランス」の、かれらは塩の生命線の支配者であった。「手桶の柄ほどの値打ちさえない」どころのさわぎではない。かれらは手桶で、それも巨人の手桶でじゃかじゃか塩を汲み出す魔法使いだった。

（2）「ブラン」は額面価格一〇ドゥネの銀貨だが、「プチ・ブラン」と呼

ぶ、半分の五ドゥネのも流通していて、こちらの方がふつう「ブラン」と呼ばれていたようである。「遺言詩集」が編集されたと考えられる一四五〇年代の終わり頃の「ブラン」がどうなっていたかというと、シャルル七世が一四三六年一月に「エク・ヌフ」（こちらは金貨で、それまで王太子時代に発行した「エク・ヴィユー」の新版）といっしょに発行した銀貨「ブラン・オー・クーロンネル」と「プティ・ブラン・オー・クーロンネル」の第四版が一四五五年六月に発行されている。重量、品位、極印模様、ともに初版から第六版まで、微妙にちがうが、額面価格は変わらない。表は三つユリの楯紋の上と左右に小さな王冠模様を配している。裏は先端が喇叭状のポタンセー十字の作る四象限の左上と右下に小さな王冠、右上と左下にユリ紋を配している。表裏あわせて五個の「小さな王冠」が配されているので「小さな王冠（複数）のブラン」と呼ばれる。なお、実勢価値は物価や銀の価値の変動に応じて常時変動する。しかし、肝心なことは、コインは「王の保証」なのであって、銀の含有量や重量の微細な変動によって、マーケットが、その都度、流通価値を微調整したということはない。「ブラン玉」は五ドゥネの銀貨であって、五ドゥネ相当の物品を交換する取引の道具に使われたということである。

二七

ひと一つ、おれの指名状をくれてやる、[1]
大学からもらったもんだが、おれの意志で、
放棄する、不遇だと思ってんだろうから、
ここはひとつ、助けてやろうってこと、[2]
だれをって、御当地の貧乏僧どもをさ、
この遺言状で名指しした坊主どもってこと、[3]
いやね、シャリテがおれをけしかけたんだ、
ナトゥールもだ、あいつら裸なの見たもんだから[4]

二一二

二一六

(1) 一四三八年にフランス王政府とローマ教会との間に結ばれた「ブールジュ政教協約」によって、大学は卒業生に対して教会関係の職(聖職禄)を一定数指名することができるようになった。その「指名状」を「おれ」はもっていると、「フランスェ・ヴィオン」はいばっている。

（2）「不遇だと思ってんだろうから」は「ダヴェルシテ」と書いていて、「アヴェルシテから」という意味だが、これはひどくいやなこと、不快なこと、都合の悪いことなどを意味することばで、「御当地の貧乏僧ども」がかってにそうひがんでいるだろうとからかっているわけで、なにもかれらの境遇がだれが見てもそうだと、そう詩人は書いているわけではない。だから「逆境から救い出す」などとは訳せない。

（3）「スー・セッ・ティンテンディ・コントゥヌ」と書いていて、この「インテンディ」というのも曲者で、おそらく「インテンドー」というラテン語の動詞から来た法律用語だと思われる。トブラー‐ロンマッチが用例文をひとつ引いているが、それだけでは弱い。諸家は逃げ回っているだけ。裁判で人を告発する時に作成する文書ということで、サンブネの司祭は、この遺言で「御当地の貧乏僧ども」を告発しているわけで、だから「この遺言状に書かれている」という意味合いなのである。この「インテンディ」をはじめ、初行の「ノミナシオン（指名状）」、三行目の「パー・レジナシオン（おれの意志で放棄する）」、四行目の「ダヴェルシテ（不遇だと思ってんだろうから）」などは法律用語の連発であって、サンブネの司祭グィオーム・ヴィオンの教養の質と程度を推し量る上でたいへん参考になる。

（4）「シャリテ」はラテン語の「カリタス」からで、これは古典ラテン

語からある。高価な、とか、愛される、とか、大事な、とかを意味する「カールス」の抽象名詞である。キリスト教徒のあいだで、「神の愛」をいうようになり、また、愛の実践としての「慈善」をいうようになった。ここでサンブネの司祭はキリスト教徒としての愛をいいたいのだろうか。それが「ナトゥールもだ」とこられては、なんとも往生する。ピーター・デイルは「イン・グッド・ウィル・アンド・ヒューマニティ」と神妙に訳しているが、このピーターにはわたしはつきあうつもりはない。『ばら物語』で「ナトゥーラ」は擬人化存在の第一位にあり、造化の原理としての立場を立てているが、「あいつら裸なの見たもんだから」などと不逞な発言が続いている以上、わたしとしては「人間性」などと、やにさがっているわけにはいかないのだ。それがサンブネの司祭だろうか。なにしろ「ナトゥール」には、即物的に「人間をふくめて動物の性器」の用例が中世の文例には多いのだ。サンブネの司祭の詩文に時間的に見て近い『パリの家長』に、ここでは紹介しにくい文脈で、その用例文が見られる。だから、というわけではないが、問題の語句は、あえて日本語に直すということになれば、「人間の動物としての本性」、そんなところでしょうか。なお、あらためてチェックして知ったのだが、『ばら物語』に「シャリテ」は擬人化存在としてはもとより、そもそも言葉として出ていない。これはなんともおもしろい話で、わたしはいま、あらためて、なぜなのか、どうしてジャン・ド・マンは「シャリテ」あるいは「サリテ」ないし「カリテ」という言葉

を避けたのか、そのわけを考えたいと思っている。なお、「形見」一四節の注（1）をご参照。

十四世紀末のチョーサーはネーチャーを精液、経血の意味合いで使い、十五世紀末のカクストンは、でかけていって、ご婦人のネーチャーでそれをしなければ、だれにも手にはいらんだろうねえと書いていて、このなんのことだか訳が分からないセンテンスを、オックスフォード・イングリッシュ・ディクショナリーは、フィーメル・ピューデンダムの意味取りの文例としてあげている。女性の外性器です。ピューデンダムはラテン語の動詞プデオー恥をかくからで、日本語の恥部はそこからきたのだろうか。日本文化史は女性の生殖器は恥ずかしいものだとおとしめることはしていないと思うのだが。『ヴァギナ　女性器の文化史』の著者キャサリン・ブラックリッジは、これを最初に使ったのはセネカで、セネカは男性器と女性器の別をいわず、中立の立場を立てようとこの言葉を使ったというのだが、わたしは藤田真利子さんの翻訳を見ているだけで、だからだろうか、ブラックリッジさんは文例を教えてくれないから、よく分からない。おもしろいのはブラックリッジ - 藤田さんは、ラテン語でもうひとつ女性の生殖器をいう言葉にナトゥーラがあり、これはまあまあ中立的な言葉だという。ラテン語の動詞ナスキオーの変化で、生まれる場所をいうという。そこでおもしろいのがわたしの手元にあるラテン語辞典は「カッセルズ・ラテン・ディクショナリー」と「オックスフォード・ラテン・ディクショナリー」で、前者は初版

が一八八七年という古典的なもので、わたしの手元にあるのは一九四八年の第二五版である。ナトゥーラに女性の外性器というような意味取りの用例は引かれていない。それが後者は、最初の分冊の出版は一九六八年、最後の八番目の分冊は一九八二年で、同じ一九八二年に合冊本が出版された。わたしの手元にあるのは一九九二年に出版された本です。それの項目ナトゥーラの、一五番目で、最後の解にジ・エクスターナル・オーガンズ・オブ・ジネレーション、生殖の外部機関と見え、外生殖器かな、テレンティウス・ウァッロ(116-27 B.C.)のレス・ルスティカエから用例文をひとつ、キケロのディウィナティオ・イン・クーという作品からひとつ、あとはプリニウスとアプレイウスから作品名の略記をそれぞれあげている。

二八

ひとりはメートゥル・グィオーム・クーティン(1)、
そうしてメートゥル・チボー・ドゥ・ヴィトリだ(2)、

こいつら貧乏僧ふたり、ラテン語をよくし、
腰が低くって、聖歌隊では上手にうたい、
けんかなんてしない、おとなしいこどもたちだ、　二二〇
だからさ、受けとるがいいよ、あげるから、
グィオとグードリんちの家賃(3)だ、いいからさ、
もっとずんとオカネが手にはいるようにねえ　二二四

（1）パリ大学教授であり、王政府の要職を歴任したこの人物は、一四三〇年以後ノートルダムの参事会員であり、一四四〇年からは参事会長になり、一四六二年に死去するまで、その座をだれにもゆずらなかった。死亡時には八〇歳を過ぎていたと思われる。

（2）クーティンの二年後に死んでいるが、やはり年齢は八〇歳を超していた。パルルマン判事職からはじめて、王家役人の経歴を重ねたのち、一四四五年、ノートルダムの聖堂参事会室の椅子に座った。

（3）ノートルダム聖堂参事会が所有する家作。

二九

ひと一つ、その、なんだ、司教杖が一本だけじゃあね、[1]
そうだ、サンタンテーン通りのもってこよう、[2]
それとも、なんだ、玉たたきの棒の方がいいかな、[3]
毎日、かかさず、セーンを壺になみなみと一杯だ、[4]
いや、なに、ツライ立場の鳩さんたちにってこと、[5]　二二八
なんせ鳩舎に押し込められているからねえ、
あげます、おれのきれいな鏡、よく映るって、[6]
それにね、女牢番のご寵愛、うまくやれよ[7]　二三二

(1)「司教杖」は原語は「ラ・クロス」。本来「十字架」だが、司教の権威を示す杖という意味をもたされている。先端が曲がっている。曲がっているどころか、この時代のは渦巻き状に内側にまわりこんで

いて、そこに複雑な装飾が施してある。

（２）「司教杖」を遺贈するという。それがふたりだ。だから「サンタンテーン通りの」もあげることにしよう。「サンタンテーン」はいまは「サンタントワーヌ」と発音する。パリの東門サンタンテーヌ門へ向かう大路に見掛けられた「ラ・クロス」印の看板のことをいっている。

（３）「司教杖」を遺贈するというアイデアは、このふたりの老人が、長年、パリ司教になりたくて、いろいろたくらんでいたという世間の評判を映している。そうか、そうか、それは世人のかんぐりで、司教になりたいわけではないというのか。それなら、「玉たたきの棒」なんか、どうかな。原語は「ビラー」。「ラ・クロス」同様、先端が曲げられている。ゴルフのクラブ、あるいはホッケーのクロスに似ている。それで玉をたたいて遊ぶ。玉をたたいて遊ぶ？　ほんとのところはどうかなと、世間の噂はかしましい。なんだ、これはホモセクシュアリティではないのか？　そう噂されたとサンブネの司祭はあてこすっているということで、諸家の関心はもっぱらそこに集まっている。「玉たたき」が問題で、「ドゥ・クェ・オン・クロス」と書いている。「ビラーを使ってクロスする」というのだが、「クロッセ」という動詞が「とっくみあう」とかなんとか、そんなふうにも読めるというのである。わたしには分からない。それはなるほど、「形見」二七節の最後の行との引っ掛けもあるかもしれない。どう

ぞそこのところの注記をごらんいただきたいわけで、それがおもしろいのは、諸家はこの引っ掛けに気づいていない。もっとおもしろいのは、諸家はこの詩文が二十五歳かそこらの若者「フランソワ・ヴィヨン」が書いたと信じこんでいらっしゃる。だとしたら、そんないい若いのが、そんなよぼよぼの老人をつかまえて、あいつら司教になりたがってるんだろうとか、ホモなんだろうとか、そんないやみなあてこすりに凝っていると、ほんとうに諸家は考えているのだろうか。

（4）以下五行は、「ヴィヨン遺言詩集」の詩人であるサンブネの司祭グィオーム・ヴィオンの生涯のひとこまを映している。ノートルダム聖堂のすぐ北側に参事会が管理する柱間三つほどの小さな礼拝堂サンテナンがあって、参事会はそこを留置場に使っていた。ノートルダムの司教裁判所の被告人や、ノートルダムともめごとをおこして召喚された人たちをそこに留置したのである。サンブネ教会の司祭グィオーム・ヴィオンもそこに留置された体験があり、その屈辱の記憶をこの詩行は映している。一四五〇年九月四日の日付の文書に「ヴェロン」ないし「ヴェオン」の名前が見える。「ヴィロン」とか「ヴィオン」とか書いていないのは剣呑だなと思って、トブラー・ロンマッチを見たら、若いブドウの蔓（つる）をいう「ヴェル」ないし「ヴェエ」を「ヴィル」ないし「ヴィエ」と書く用例文が引かれていて、ほっと安心した記憶がある。「セーンを壺になみなみと

一杯」は、なんとセーヌ川の水だぞと、その折に飲まされた冷や水に恨みをこめているわけで、この件については、「遺言」二節とか、七三節をご参照。ちなみに、当時のパリは上水供給のシステムがうまくはたらいていて、市内各所に「ラ・フォンテーヌ」と呼ばれる上水道の捌け口が設けられていた。「遺言」一〇五節をご参照。

(5)ノートルダムの北側に、リュ・ド・ラ・コロンブと呼ばれる通りがある。この通りの呼称の由来は古く、十三世紀のはじめの記録に「クールン」と出る。同じ綴りで発音がちがっていただけだ。十二世紀以前の状態は分からないが、分かっているのはその「クールン」と呼ばれた小道沿いの東側に、一二二〇年頃、礼拝堂が建てられた。それがその問題の礼拝堂である。サンテナン礼拝堂と呼ばれた。これを勧進した当時フランス王家の官房長エスティェン・ガーランドというのが、南のオルレアンの司教座教会堂の副司教で、「サンテナン」はラテン語名で「サンクトゥス・アニアヌス」、五世紀のオルレアン司教だった。ノートルダムがまだむかしのノートルダムだったころの話である。それから三三〇年、サンブネの司祭は、クールン通りに西側玄関を開くサンテナン礼拝堂に囚われの身となっている。ジャック・イレーレの本によれば、クールン通りの呼び名の由来は看板絵だったという。「クールン」、近代語の発音表記で「コロンブ」は鳩である。サンブネの司祭が見た景色に、居酒屋「ラ・クールン」が赤い提灯を軒下に吊している。あるいはサンテ

ナン礼拝堂は「トラップ・ヴォレー」で、そこに何羽かの「鳩」が囚われている。「トラップ」は「わな」で、「ヴォレー」は、これが難問で、ビュルジェの『用語解』はこれを形容詞とし、「トラップ」にかけて「鳥籠」すなわち「牢獄」と読んでみせてくれる。トブラー・ロンマッチはこれを名詞ととらえ、「フォーゲルハウス」すなわち「鳥小屋」と解く。どうもこちらの方がよいようで、「トラップ・ヴォレー」は連語で「わなの鳥小屋」である。近代語の「ヴォリエール」は、リトレはヴォレー、鳥が飛ぶからの派生語と説明して、金網を張った大型の鳥小屋とイメージを目一杯ひろげてみせてくれる。サンテナン礼拝堂は、わなにかかった鳩たちの収容所とサンブネのは批評している。

(6)「モン・ミルウェー・ベ・レ・イデーン」と書いていて、「イデーン」というのは、なにかそれの性質をきちんとあらわしているというような意味合いで使われる形容詞で、鏡のばあいは「よくうつる」ことが期待される。聖書の「コリント人への手紙」に「わたしたちはいまは鏡に映して謎のうちに見ている。だが、その時がくれば顔と顔をあわせて見るであろう」と書かれている。人間は現象界を鮮明に見ていると思いこんでいるが、それは錯覚に過ぎない。鏡がイデーンで、現象界をよく映しているとしても、現象界は謎のうちにある。鏡がでこぼこしていなくてもということで、中世のラテン語訳聖書には様々な版があったらしく、十七世紀の英語訳聖書「欽定訳聖書」

は「鏡に映して、謎のうちに」のところを「ガラスを通して、暗く」と訳している。これは底本にとったラテン語訳聖書の問題らしく、この一文が五世紀に成立したとされるヒエロニムス訳ラテン語聖書以来、どう読むかの議論が絶えなかった事情を示している。いずれにしても「鏡に映して、謎のうちに」とか、「ガラスを通して、暗く」とかいわれている人間の現実認識の甘さは、それではどうすれば解消されるのか。どうすれば人間は真実を直視することができるのか。それが「その時がくれば」ということで、すなわち神の恩寵が垂れて、キリスト教の信仰のうちに救いとられる時である。「遺言」一四節をご参照。なお、ピエール・シャンピオンの調べによると、一四四九年の日付をもつ、パリの国立文書館所蔵のサンブネ教会関係資料に、サンブネ教会の教会堂の南側に、小さな細長い墓地がついている。その墓地に西側から入る小門の上部に、どうやら大判のガラス板がはまっていたらしい。教会堂が破壊される直前、一七九一年に制作されたと伝えられる銅版画があって、それを見ると、教会堂の西側に主玄関と脇玄関がついていて、脇玄関のさらに南寄りに、墓地に入る小門が見える。小門と呼んだが、左右両開きの分厚い樫板作りのドアと、ドアの上部の半円形壁面をそなえている。その半円形壁面もドアと同じ樫板がはられているように描いている。なにしろ、一七九一年といえば、一四四九年から三四〇年もたっている話で、この銅版画が三四〇年前の景色を映していたとはとうてい思えない。これはあくまで参考図版だが、問題は文書資料

の方に、それが「ヴェリエール」、ガラス板としるされていて、どうやら、この年に、この「ガラス板」の管理と保守をめぐって、サンブネ教会とノートルダム教会がもめ事を起こしたらしいのである。シャンピオンは、そのつつましいお人柄を映して、ただその資料の内容をかいつまんで紹介し、その資料のデータを脚註に注記しているだけなのだが、なんともこれはおもしろい。なにしろ「コリント人への手紙」の文章の問題のところは「ガラスを通して、暗く」とも読めるということになると、サンブネの司祭が「あげます、おれのきれいな鏡、よく映るって」などと書いているのは、これはもしかするとかれ一流の韜晦（わざと知らんぷりして、別なふうに物事をいうこと）なのではないかと思いたくなるのである。

（7）「女牢番」は、サンテナン礼拝堂の柱に架けられていた聖母子立像をいっている。これは後代、十八世紀にノートルダム聖堂に移された。現在、大祭壇が置かれている教会堂中央部の東南の角の太柱に架けられている。サンテナン礼拝堂に閉じこめられたサンブネの司祭は、つくねんと膝を抱え、聖母子立像を見上げて、「オート・デエッス」とつぶやく。「見上げれば、女神さま」である。「遺言」八九節の後のバラッドをご参照。「女牢番」とはねえ！　この一行、「エ・ラ・グラース・ドゥ・ラ・ジェオレール」と書いていて、「ジェオレール」の「ル」は「女韻」だから音節に勘定しない。これはまじめ、わたしは下手な地口をたたいていると思われたくない。これはまじめ

な解説です。トブラー－ロンマッチには「ジャオレール」の語形で「ダーム・エメリーン・ラ・ジャオレール」という用例句が、一二九六年の日付で、パリのタイユ（団体毎に「割り振って」かけられる税金。「タイユ」は「タイエ」、割り当てるという動詞からの造語）関係の資料に出ていることを教えてくれる。信仰にはいる以前の状態は牢屋にいれられているにも等しいとキリスト教では考える。「ペテロの第一の手紙」三章一九節に、ノアの洪水から救われた八人以外の人類をスピリートゥス・イン・カルケーレ（牢内の霊）と呼んでいて、おもしろいのはわたしがこのラテン語文を借りた「ミッセル」はここに脚注して、「黄泉の国にとどまった人たち」と書いている。なんかこれを書いたのはサンブネのその人ではあるまいか。かれはサンテナンに幽閉されて死者のくにを思っていたにちがいない。ペテロは、イエスはそこにまで現れて、囚人たちを救ったと書いている。イエスはサンテナンに代理人を派遣した。「見上げれば、女神さま」である。囚人たちは「ジェオレー」、獄吏が管理する。それがサンテナン礼拝堂では「ジェオレール」、女獄吏である。聖母マリアである。聖母マリアの権能は「守護すること」と「仲立ちに立つこと」にある。「ノートルダーム・ラ・ジェオレール」は、信徒を保護し、神の子イエス・キリストと信徒との仲立ちに立つ。「遺言」八九節と、その後の「聖母祈祷のバラッド」をご参照。そちらの方では、「年老いた女」と想定された女性が、「見上げれば、女神さま」と、教会堂の太柱に御座を置いた聖母子立像に祈りの手

を合わせている。「この信心に、わたくしは生き、そうして死にとうございます」とルフランを返すこのバラッドは、つまりは一四五〇年九月二日の夜の、サンブネの司祭グィオーム・ヴィオンのサンテナン礼拝堂における体験の替え歌なのであった。

三〇

ひとーつ、おれはお救い所に遺す、クモの巣張りの
シャーシ、窓枠じゃあないよ、おれのベッドだよ、(1)
屋台の下に寝てるやつらにかって？　とんでもない、
あいつらには、目の下にボカーンと一発づつ、(2)　二三六
寒さに顔をひきつらせて、なんだねえ、震えていろ、
やせこけて、飢えて、カゼひいちまって、無気力で、
股引はつんつるてん、なんだねえ、ボロ着ちゃって、
凍えついちまって、打ち身だらけで、ずぶぬれで　二四〇

（1）「シャーシ」は「窓枠」で、どこのかというと、それがサンブネの小墓地に入る小門の扉の上の半円形壁面にはめこまれたガラス板の枠なのだった。それが「ティス・ダリニー」、クモの巣張りだったという。ノートルダムの参事会は、サンブネ教会の僧会の、永遠のやすらいの場所にはいる門扉の管理不行き届きを咎め立てる。

（2）「シャクン・スー・ルー・ウンヌ・ルネ」と書いている。「スー・ルー」は「目の下に」とか、「目のあたりに」といった意味合いで、「ルネ」が問題。綴りから見ると「グルネー」だが、「グ」はほとんど音に出ない。「グ」の音が消えてしまう怪については、『パリの住人の日記Ｉ』（八坂書房、二〇一三年）の一六番の記事の注2をご参照ください。いまは閉鎖音と呼ばれているが、古くは破裂音として知られた、ある種の子音に発生する現象です。斧だの、棒だの、手だの、道具はなんでもよい、なぐることを意味する。以下の詩行は、「遺言」一五二〜一五三節が示唆する「殴打」と「施物」が、「ラウトゲシュタルト（音の形）」と「ウォルトゲシュタルト（言葉の形）」とにおいて通い合うという事態に読みの可能性を残したい。トブラー・ロンマッチのアドルフ・トブラーは、辞書の編集者たるものは、「ウォルトゲシュタルト」はもとより、よろしく「ラウトゲシュタルト」に配慮すべきであるといっているが、その通りだと

『歴史遊学』「殴打と施物」をご参照。
思う。ここのケースでも、そのことをつくづくと思い知らされる。

三一

ひとーつ、おれの床屋だが、あいつには、
おれの髪の毛の切り屑だな、そいつを遺す、
いくらでも、好きなだけ、もってくといいよ、
古靴屋には、そうだ、おれの古靴を遺そう、　二四四
古着屋には、そうだ、おれの古着を遺そう、
さんざ着古して捨てたしろもんだよ、いくらかって、
なにねえ、新品ほどはとれやしないんだから、
チャリティーで、おれはあいつらに遺す　二四八

三二

ひとーつ、おれは托鉢修道会の坊主どもに遺す、(1)
おっと、フィル・ディユーやベグィーンにもだ、(2)
満点味のおいしいおいしいおいしいお御馳走、
去勢鶏に、フランに、太めのジェリン、(3)　二五二
食べ終わったら、一五のしるし(4)を説教しろ、
両手でわさわさパンをかきあつめろ、(5)
カルム坊主はとなりの家の女房に乗る、
いずれそれもたいしたことじゃあない　二五六

(1)「レ・マンディアン」、托鉢するものたち。托鉢修道会。「神に祈ろう、レ・ジャコピンがレ・ゾーグスティンを食べちゃって、レ・カルムが首吊られますように、レ・フレール・ムヌの縄で」という戯

れ歌が当時流行っていた。パリの四大托鉢修道会をいっている。「レ・ジャコピン」は「形見」二〇節、「レ・カルム」は「形見」一二節をご参照。「レ・フレール・ムヌ」(小さな兄弟たち)は「フランチェスコ修道会」をいう。「形見」二四節をご参照。「レ・ゾーグスティン」は「アウグスティヌス隠修士会」、サンミッシェル橋から下流の河岸を占めて僧院を経営した。いまでも河岸にその名が残っている。

(2)ともに夫を失い、身寄りをなくした女性が、共同生活をいとなむ組織。「遺言」一一六節では「フィル・ディユー」が「デヴォート」に変わっている。ともにネーデルラントに発生した信心講。「遺言」一七六節の「サンタヴェ」も同じ性格の信心講であり、組織である。

(3)「去勢鶏」は雄鶏、「ジェリン」は雌鶏。その間に料理やデザートのレシピのひとつである「フラン」をはさんでいる。

(4)「最後の審判」の予兆を一五かぞえるという、当時フランチェスコ修道士のひろめた説教の主題。

(5)御馳走をいただいたあと、説教にはげんで、日々の糧のパンを稼ぎなさいと、托鉢修道士をからかっている。このあたりの詩行の運びについては、「遺言」一一六〜一一七節をごらんください。

三三

ひとーつ、乳鉢を遺す、なんと黄金造りだぞ、
ジャン、香料商のだよ、ドゥ・ラ・ガルドに、(1)、
あわせて、サンモールの撞木杖を一本、(2)
なんか、芥子のブレエをおつくんなさいって、(3)、
それに、あの男、先頭に立って旗ふって、
おれをおとしいれようとたくらんできたあの男、
サンタンテーンよ、ほんと、あいつを焼け、(4)
あいつに遺すのは、そうよ、これだけだ

二六〇

二六四

(1) これは香料商だといい、一四五三年の記録に「王妃の奥付き小姓にして香料商」と出るという。シャルル七世妃マリー・ダンジューの御用達だったわけで、大物だ。それが、ここでは、黄金造りかなん

かは知らんが、乳鉢と撞木杖をあずけられて、シコシコ芥子を擂って、なんか擂りもの、作んなさいと突き放されている。「遺言」一三七節では、チボーなんて呼ばれて、間男されたんだろうとからかわれ、今年はもうみんなやっちまったから、あんたにあげるもん、残ってないねえ。「ラ・ガルド」は前節からの渡りで「城預かり」、間男されないように「番人」、みんなにいじめられて「こわがってる奴」と意味取りは多種多彩で、いずれにしてもこれは姓ではない。あるいは姓になっていたのかもしれないが、姓として扱うべきいわれはない。ところが「ドゥ・ラ・ガルド」などと、まるで姓の扱いだ。ピーター・デイルは、「形三三」のは「ジョン・ザ・ガード」、「遺言一三七」のは「チボー・オブ・ザ・ガード」と、これは姓ではなく、あいつはザ・ガードよと、「城預かり」だか、「番人」だか、「こわがり」だか、その人が何たるかをいっていると読んでいる。このピーターはわたしは好きだ。

(2)「サンモール」は、パリの東、ヴィンセーンの森蔭のマルン河畔の修道院サンモール・デ・フォッセをいっている。ここは脚の障害に霊験ありということで参詣者を集め、奉納された撞木杖(松葉杖)が、境内の一隅に、うずたかく積まれていたという。

(3)芥子風味の、なにか擂りもの。こんな、あっさりと書いているが、「注釈」の方では、そう、何ページ使ったか、なにしろ言葉の探索が大変だった。

（4）のろい文句のひとつで、ホイジンガが『中世の秋』で、「サンタンテーン、おれを焼けばいい」とか、「馬を焼け」とか、「淫売屋を焼け」とか、「コキヤール調書」（「遺言」一五六節の注記をご参照）あたりからもってきたらしい用例をいろいろ紹介しているが、どうもよくわからない。「サンタンテーン」は「アントニウス聖人」で、「サンタンテーン門」や「サンタンテーン通り」の名前の由来となった四世紀のエジプトの隠修士で、さまざまな悪魔のためしに会った。ヤコブス・デ・ウォラギネの『黄金伝説』の「聖アントニオス」は、さまざまな動物の形をとった悪霊が、「角や歯や爪で」アントニオスを引っ掻き傷だらけにしたと書いているが、火傷を負わされたとは書いていない。どうも火とサンタンテーンの関係にはよくわからないところがあって、「サンタンテーンの誘惑」という画題はイエローン・ボッスのが一番有名だが、リスボンにあるその絵をつくづくと眺めても、それはたしかに中央画面の左手奥に村が盛大に燃えているのが描かれていて、「サンタンテーンの火」かと、一瞬、心が騒ぐのだが、近づいてつぶさに眺めると、その大火事の村の手前に、もうひとつ、小川沿いの村が描かれていて、女が川縁で洗濯などしていて、それがまたなんとものんびりした村の光景で、まさしくこれは「隣村の大火事」の描画であって、絵全体の画題から見れば挿画にすぎない。火事の救難聖人だったという説もあるのだが、ボッスの構図から見るかぎり、どうもその気配は感じられない。サンタンテーンは中央主画面のまんなかあたり、ターバンを巻いた頭

と両足だけという怪物を前にして、なんか円形スペースの低い隔壁に右肘をあずけてひざまづき、絵を見る者の方に顔面を向けて、右手はなにやらその怪物に向けてVサインをおくっている。「隣村の大火事」はかれの関心の外にある。たしかに火はサンタンテーンにとって主要なエレメントではない。むしろ「引っ掻き傷」の方がかれのステイタスを定めたようで、かれは、「引っ掻き傷」が膿んで、壊疽（えそ）とか脱疽（だっそ）とか呼ばれる皮膚の壊死（えし）を招く症状に悩む皮膚病患者や、丹毒患者の守護聖人だった。丹毒は溶血性連鎖球菌による皮膚の炎症で、悪寒と高熱をともない、患部の皮膚は赤色に腫れ広がり、患者は灼熱感と疼痛を訴える。この病気の症状からの連想で、サンタンテーンは火を発した。

三四

ひとーつ、おれはメルブフに遺す、
ニクラ・ドゥ・ルーヴェにもだ[1]、
それぞれに卵の殻を一個ずつだ、

二六八
フランとエク・ヴィユーを詰め込んだ、(2)
また、グーヴィユーの管理人にはだな、(3)
ペール・ドゥ・ルスヴィルにだ、遺す、(4)
うまいこと、だまくらかしてやろうぜ、
祭の王がばらまくエク金貨をねえ(5)

二七二

(1) ここは「ルーヴィユー」でないと脚韻（各行の行末の音節を規則的に合わせること）が合わない。ところが当時パリ市助役に「ニクラ・ドゥ・ルーヴェ」というのがいた。写本の筆生たちはそれにひきずられたか。この一行については写本間に異同はない。また、参考として底本にとっている「インキュナビュラ」（十五世紀中の印刷本をいう）の「ルヴェ本」も、当然だという顔をして、そう活字を拾っている。なお「遺言」一〇二節をご参照。この両人はそこでも揃い踏みしている。メルブフはなにしろ四本の写本とルヴェ本、みんなオルトグラフィーが異なる。

(2)「フラン」は馬上の騎士の図柄が極印の金貨で、詩人にとって一番最近の発行は一四二二年九月、まだ王太子、のちのシャルル七世が発行したそれである。「エク」は楯型枠取り、ないし楯が表の地面

のどこかに置かれている図柄の極印の金貨をいい、「エク・ヴィユー」古エクと呼ばれたのは、一四三五年九月までにシャルル七世が発行したのをいっている。一四三六年一月に発行されたエク金貨が「エク・ヌフ」新エク第一号である。「エク・ヌフ」は二四金の金貨で、量目三グラム四九。もっともこれは「ベローブルの貨幣表」の数値で、パリの「ラ・モネ」貨幣博物館発行のカタログによれば、量目は三グラム五一。カタログの写真を測ってみれば、直径二センチ九ミリメートル。「フラン」はそれよりもひとまわり小型である。「エク・ヴィユー」は、シャルルがまだ王太子の時代、一四二一年一月に発行された最初のは二四金の堂々たる正貨だったのが、一四二九年一月に七回目ということで発行されたのは一八金にまで品質を落としているので「エク・ヌフ」よりは大型で重い。卵は小粒のは六×四センチメートルほどか。さて、どれほど詰められたか。すこししか詰め込めないと諷刺しているのか。「祭りの王がばらまくエク金貨」がそのことを言い表している。これは真鍮で作った贋金である。ならば王太子の発行した一八金のエク金貨はどうか。こちらはあくまで正貨で、贋金ではないというのか。

(3)この八行詩、前半はともかく、後半はナゾだらけだ。「エク・ヴィユー」に脚韻を合わせて「グーヴィユー」の管理人というのがいたと、当時、それはたしかにパリで噂になっていたのだろう、「グーヴィユー」という、ヴァレ地方にあった村の名前をサンブネ

のはここにもちだす。なんでもその村は池のほとりにあって、その池と、池を渡る土手道の管理権が王家のものになった。そこで管理人が池のほとりに小屋を建てて住んでいて、それが「ペール・ドゥ・ルスヴィル」なのだった。情報はそれだけで、さて、そのペールが「卵の殻に詰め込んだフランとエク・ヴィュー」とか、「祭の王がばらまくエク金貨」とかに、いったいどう関係していたのか。噂の中身はナゾである。

(4)この一行、ふたつの写本がかろうじて同じで、「プー・ル(レ)・ドンネ・アンタンル・ミュー」と書いていて、「遺言」六七節に「おれをだまして、いつもおれをいいくるめた」と見えるいいまわしとこれは通じる。「それをいいものだといいくるめる」とか「思いこませる」というふうに読めばよい。

(5)この一行、直訳すれば「プリンスが与えるようなエク金貨」で、「それをいいものだと思いこませる」というふうにいいまわしているのだから、それはいいものではない。贋金で、「遺言」一〇六節に「プリンス・デ・ソ」と見える。そこでは「阿呆の王様」と訳した。なにしろ「エク・ヴィュー」だの「フラン」だのといいふらしたあとの発言である。贋金だ、「シャリヴァリの王」だなどとしらばっくれていてよいのだろうか。わたしがいうのは、「プリンス」は、王太子シャルル、あるいはフランス王シャルルと読んでいけないわけはない。

三五

こうして筆を走らせているうちに、
今宵、ひとりで、気分よく、
形見分けをば案じているうちに、
おれはスルボーンの鐘を聞いた[1]、　　二七六
夜ごと、かかさず、九時に鳴る、
天使が告げた、祝いの鐘の音だ[2]、
そこで書くのをやめて筆を置き、
心のいうがままに、祈った　　二八〇

(1) 詩人はサンブネ教会の境内に住んでいて、その南にスルボーン学寮があった。サンブネ教会の跡地は、十九世紀に、パリ大学のソルボ

三六

祈るうちに、頭がおかしくなった、
いいや、酒を飲んだせいではないぞ、

ンヌ校舎に囲い込まれた。校舎の一番北寄りに、大学の講堂があるが、それは前の大戦以前、「サンブノワ講堂」と呼ばれていたのである。「ソルボンヌ」は十九世紀以後の発音表記であって、写本を見ると、「セルボーン」と「サルボーン」の二流がある。中をとって「スルボーン」と書いた。十九世紀から盛んになった「フランソワ・ヴィヨン研究」は、「詩人フランソワ・ヴィヨン」がそこに住んでいたという情況を設定した。

(2) 天使とマリアの受胎告知の情景を祝う祈祷文にあわせて打ち鳴らされたという鐘の音。この祈祷についてはよく分かっていない。十五世紀のなかば、この祈祷は夜間一回の勤行だったことを、まさにこの詩行が教えてくれる。「アヴェ・マリアの鐘」だが、日本では「お告げの鐘」と呼ばれている。

どうも精神が縛られているようだ、
そこにダーム・メムエールがあらわれた、[1]　二八四
かの女が戸棚に出し入れするのは、
かの女の保存する表象物の一群、
真と偽とを述べる能力もあらわれた、
その他もろもろの知的能力もだ　二八八

（1）「記憶」の擬人化（アレゴリー）で、「記憶夫人」と日本語に置き換えてもよいが、おもしろいことに、アレゴリーの古典『ばら物語』に「ダーム・メムエール」は登場しない。サンブネののばあい、『ばら物語』の本歌取りが多いだけに、これにははぐらかされる思いがする。チュアーヌによれば、『知恵の宝の書』という本の写本がアルスナール図書館にあって、その書き出しに「知恵の宝の書をその記憶の戸棚にしまおうとのぞむものは」と読めるという。また、ジャン・ル・ボーという、フロワサールの先代の年代記家がいて、「記憶は戸棚であり、過ぎ去った事々を保管する力である」と書いているという。ジャン・ル・ボーは一八六七年に刊本が出ている。両例とも「記憶」を擬人的にとらえているとはいえない。これはとても

おもしろい。いずれ、もっとよく考えてみよう。

二九二

三七

なんと、表象像結合の能力もあらわれた、
その力で、おれたちはモノが見えるようになる、
似ているモノを見分ける能力、モノの形を、
しっかりと知る能力、これら能力が、いったん、
変調をきたしたとなると、これは大変だ、人は、
月に一度はバカになり、月に気分を支配される、
そう、おれは読んだことがある、思い出した、
いつだったか、アリストートの本で(1)

二九六

(1)「アン・ナリストー・トークヌフェ(アリストテレスで、いつだっ

たか)」とあっさり書いていて、「心理について」という著述(ふつうラテン語訳のタイトル名から「霊魂論」と呼ばれる)とか、「睡眠と覚醒について」という文章などを拾い読みすると、それなりにおもしろい。「遺言」一二節をご参照。

三八

そこに感官がねむりから立ち上がって、
力をふるって、ファンタジーをけしかけた、(1)
かの女は五官をしっかりとめざめさせ、
最高至上の部分を支配した、理性をってことだ、
これはなにしろ宙ぶらりんで、死んだも同然だった、　三〇〇
自己喪失感があって、押さえ込まれているふうで、
おれの体内にそんな感じがびっしり広がっていて、
それもなにも感覚の縛りを誇示しようということで　三〇四

三九

そんなわけで、おれの感覚は安定し、
もつれた理解力も解きほぐされたので、[1]
おれは形見分けを書き終えようと思った、[2]
ところが、おれのインクは凍りついていて、
おれのローソクは息をしている、いまにも消えそうだ、
暖炉に火を足そうにも、なあんも持っちゃいない、[3]
だから、寝ちまった、着るもん、あるったけかいこんで、

三〇八

(1)「空想」の擬人化表現。「記憶」が保存する表象像を自由に組み合わせて表現を実行する能力ということで、これこそは文芸の徒にとって基本の能力である。

三一一

だから、まあ、終わりはこんなふうになっちまった

(1)エ・ランタンドゥマン・デスメレと書いていて、理解力はメレ、混戦状態から抜け出したといいたいらしい。ただ、デスメレは動詞としてのありようは定かではなく、トブラー - ロンマッチ、グレマ、名だたる古語辞典は項目に立てない。

(2)この一行、サンブネのはジュ・クデ・フィネー・モン・プロポと書いていて、モン・プロポのことを、リシュネル - アンリも、ビュルジェも、その他どなたも問題になさっていない。あらためてそのことを知った。リトレがディスクールと言い換えているのをそのまま、言説とか発言とかの意味取りを作文に拡張解釈して、「形見分けの歌」そのものをここでいっていると読む。これが世論というものです。ピーター・デイルはズバリその物、the work「作品」の訳語を持ち出している。プロポはラテン語のプラエポシートゥムからの変化で、前に置く物、すなわち提案とか、もくろみとか、企てとか、決意とか、また、発言とか、陳述とか、供述とかをいう。十四世紀のフレサール、十五世紀のフィリップ・ド・コミーンに共通する用語がこの範囲内にある。だから、「おれのもくろみにソロソロ幕を下ろそうか」とやってもよい。それが口書とか供述とかいうのは、いいですねえ。なんとも引かれますねえ。形見分けの歌、遺言の歌

はサンブネの司祭がとられた口書です。しかし、いくらなんでも、供述書を書き終えようと思った、だの、口書をとられるのをいいかげんやめにしてもらおうと思った、などと訳したら、ここのところ、唐突にすぎるでしょう。ここはおとなしく、ピーター・デイルに調子をあわせて「おれは形見分けを書き終えようと思った」とします。

(3)ドゥ・フー・ジュ・ヌース・プ・フィネーと書いていて、ヌースはヌ・ウースの連音で、ウースはアヴェー（近代語でアヴォワール）の接続法半過去のかたちで、まあ、ありえない、おこりえない事態を仮定するばあいの語法だが、さすがに文章がおかしい。そこでか、アルスナール写本はエ・ヌース・プー・ドゥ・フー・フィネーと言葉をならびかえている。これで、火を足そうにも、足すべく、ほとんどなにも持っていないと、読めば読めなくもない文章に仕上がった。

四〇

上述の日付に、これが制作されたのは、
その名のよく知られたヴィオンによる、

三一六

イチジクもナツメヤシの実も食わない、
乾いて黒くて、カマドのほうきのようだ、
テントもパヴィオンも、もうもっていない、
なにもかも、かれはともだちにのこした、

三二〇

手元にのこったのは、ほんと、わずかなカネ、
それだってじきに人にくれてしまうわさ(1)

(1) 詩は声に出して読むものです。どうぞこの形見分けの歌最終節を声に出してお読みください。サンブネのの詩の持っているシニカルな調子をお感じとりいただけると思います。「注釈」の訳詩とは何か所かでずれました。とりわけ「テントもパヴィオンも」のところ。「注釈」では「天幕も幕舎も」とお堅く構えている。これは「形見」九節の最終行「あわせて、わが天幕とわが幕舎一棟を」をそのまま写したもので、これは、ほんと、いまは反省しています。だいたいが「幕舎」なんて、誤解をまねくいいまわしで、テント張りの営舎みたいなものの連想を誘いかねない。ここでサンブネのが言挙げしているパヴィオンは、騎士道文化の用語のうちにあって、パリのクリューニー美術館所蔵のタピスリー「貴婦人と一角獣」に織り出さ

れた豪奢なそれのたぐいです。厚地のビロード地をぐるっとスカート状にまわして、トンガリ屋根をのせたパオもどきのテントで、軒庇にあたるところに、ぐるっと文字帯をまわして、わが思いの君に、などと飾り文字が見える。いましも、左右にひかえる一角獣とライオンが、その前足でテントの前のあわせを開いて、貴婦人が歩み出る。侍女の捧げる宝石箱に、上品なしぐさで手をのばす。このタピスリーの制作はサンブネの司祭没後三十年かな。そこまではいかないかな。いずれにしても、サンブネのがこの絵に詩想を汲んだとみるべきいわれはない。それからまた三十年ほどして、一五二〇年六月、カレーの南のギーヌにイングランド王ヘンリー八世が、その東十キロのアルドゥルにフランス王フランスェ一世が陣を設けて、七日、両陣の中間地点で両者会見した。これを世に「ツァン・ドゥ・ドゥラ・ドーの会同」という。「金糸織天鵞絨の陣の会同」という意味で、これはもともとはアルドゥルに張りめぐらされた百張を超すテント、パヴィオンの壮観をいうものであったという。英語で「フィールド・オブ・クローズ・オブ・ゴールド」という。グラント・オーデンの『西洋騎士道事典』はポーリン・ベインズが挿画を入れていて、原書房から出版したわたしの監訳本の、どうぞ「金襴の陣（Field of the Cloth of Gold）」の項目をご覧いただきたい。モノクロながらポーリンのスケッチ画がその壮観の様を伝えている。また、「パヴィリオン（Pavilion）」の項目に、ポーリンは一ダースものパヴィオンのスケッチを入れてくれている。

テントもパヴィオンもの方へいきなり話を持っていってしまったが、この最終節、じつはのっけから問題があって、フェ・オ・タン・ドゥ・ラ・ディット・ダートゥと書きはじめていて、「上述の日付のその時において」とは、さて、いったい何をいっているのか?二節に初節の「四百と五十六年」を受けて、アン・ス・タン・ク・ジェ・ディ・ドゥヴァン、スー・ル・ヌーエ・モートゥ・セゾンと見える。「そこでだ、上述の時に、と、こういくか、ころはヌーエにのぞんで、枯れ季節」というほどの意味で、そうか、そこに帰るのか。一四五六年のクリスマスにのぞむ頃合いに作られたと、サンブネのはていねいにいいまわしている。

で、なにが作られ、なにが為されたか。文脈をたどれば前節のモン・プロポに帰る。モン・プロポはおれの仕掛けである。おれの仕掛けた狂言である。形見分けの歌は、ソン・プロポである。かれの仕掛けである。その名、世に知られたヴィオンの仕掛けである。イチジクもナツメヤシの実も喰わず、乾いて黒くて、カマドのほうきのようなヴィオンの仕掛けた狂言であると、だれだか、別人が「フランスェ・ヴィオン」を晒し台にのせた。

遺言の歌

ヴィヨン遺言詩集の2

一

年齢をかぞえてみれば三十のこの年に、
ありとあらゆる恥辱をなめさせられたが、
それですっかり阿呆になったり、がぜん利口に
なったりはしなかった、えらい目にあったが、　四
仕置きにあってさんざ痛めつけられた、それが、
全部が全部、チボー・ドーシニーの裁量による、
あいつめ、司教面して群衆に投げ十字を振舞おうが[1]、
おれの身内だろうが、おれはだんぜん否認する　八

（1）一四五二年に司教としてオルレアンに入城したときの情景をあてこすっている。

二

おれの領主じゃあない、おれの司教じゃあない、
ひとっかけの土地だってやつからもらっちゃいない、
忠誠を誓ったこたあないし、家来になった覚えもない、
おれはあいつの農奴じゃない、牡鹿じゃあない(1)、　一二
ちっぽけなパン一個で、あいつめ、おれを養った、
飲み物っていえばただの冷水、まるまるひと夏(2)、
大度か狭量か、どっちにしてもケチもいいところ、
神さま、やつがおれにしたようにやつになさってください　一六

(1) 綴り字は一字分ちがうが、発音は同じ「セルフ」。
(2)「フランソワ・ヴィヨン」は一四六一年の夏、司教チボーのレール（ロワール）河畔のマンの館の牢獄につながれていた。

三

おれを非難したがる手合いがたといるとしてもだ、
やつを呪ったといいたてたがるのがいたとしてもだ、
それはないよ、呪ってなんかいない、分かってくれよ、
これっぽっちもあいつをそしったりはしていない、
悪くいったかなあ、いったとすれば、これだけだ、　二〇
もしもあいつがおれに慈悲深かったというのなら、
天上楽土の王、イエスさま、[1]あいつの魂と肉体に、
お願いだから、おんなじようになさってください　二四

（1）後出三三節の七行目に「おやさしいイエス・クリストゥ、称えられてあれ」と見え、注（1）にその読みのわけを述べている。三節「イエス」とこのケースとはともに詩の本文中にjhesuが出るケースで、さらに後出の「聖母祈祷のバラッド」の反歌七行詩の二行目に「永遠にこの世をしろしめす、イエスさまをご懐胎になられました」

と見える。「遺言の歌」で延べ行数九〇四のこの詩行は、ihesus regnant qui na ne fin ne cesse と書いていて、このケースでのjhesus もまた二音に読む。イェ - スです。さらに、また、一〇〇節の延べ行数一〇三五には justes ainsi jhesucrist maide と、crist（キリスト）と連語で出ていて、ここは「イェ - ス - クリ」と三音に読む。いずれにしても jhesu（s の一字は省略）は「イェ - ス」と二音です。さらに、またまた、一六四節の延べ行数一七六七にも jhesus が出る。ここも、また、「イェス」と二語に読まなければ勘定が合わない。このケースは、また、とりわけおもしろく、というのはアルスナール写本はここのところを audolx jhes と書いていて、このふたつの文字列の間に jez と書いてそれを消した痕跡がある。そうして jhes と書いて、es の上に山型省略記号を載せている。jhesus と読みなさいという教示で、「イエ」ではなく「イェス」だと、なんかこだわっている。ye ないし ie ではじまる単語に ier とか ierre とかがある。ier は「エー」と読み、「きのう」の意味で、トブラー - ロンマッチの五〇を越す用例に jer のオルトグラフィーは見られないが、もうひとつ ierre は、これは「エール」と読んで「きずた」で、jerre の表記も用例に拾っている。yesrre の表記も見られて、うっかり jez と書きかけて、あわてて消した筆生の心理の屈折が目に見えるようだ。ちなみに ie と書こうが ye と書こうが、発音は e です。ierre のヴァリアントには edre もあり、eedre もあり、airre もある。ier のそれには hier もあり、er もあり、her もある。

筆生はjezと書きかけて、これではesus「エス」と読まれてしまうと気が付いてjhesusときちんと書き直したというのはどうだろうか。なかなかおもしろい読み方だと思うのですが。なお、教文館の『聖書大事典』を見ると「イエス」の項にギリシア語のiesus、ヘブライ語のyhosuaがなまった形の人名と説明されている。これはとても示唆的で、なにしろサンブネのがどうして「イエス」をjhesusと書いたのか、わたしには分からない。その分からなさ加減が、これはもしやヘブライ語が頭にあったのかと想像すれば、なんとかすこしは解けるかもしれない。

四

あいつはおれにむごくつらくあたった、どんなだったたか、
ここで話せといわれても、とうてい話しきれない、
永遠なる神よ、おれはのぞむ、かの者に対して、
そのことを考量の上、しかるべくのぞれまれよ、

二八

教会はおれたちにくりかえし、くりかえし、いう、
おれたちの敵どものためにも祈るように、と、
ようし、教会にはこういおう、受けた不正と恥辱とを、
あいつがなにをしたとしても、おれは神の御手に委ねた

三一

五

よろしい、心からあいつのためにに祈ってやろう、
死んじまったコタールの魂かけて、いいやつだった[1]、
なんと、そいつはソラでってことになろうよ、
なんせ、おれは読むほうは怠けんぼうなんだ、
ピカール弁のお祈りでやっつけるとするかね、
やつにはわからんて？　なら、習いにいきゃあいい、

三六

悪いこたあいわんて、あんましおそくならんうちに、
フランドルは、そうよ、ドゥーエかリールへ[2]

四〇

（1）ジャン・コタールとかれの魂については一二五節とその後のバラッドをご参照。
（2）リール、ドゥーエは古くはフランドルだったが、この時期、フランス王家の支配が及んで、フランドルの君主であるブルグーン家との係争地域になっていた。「ヴィヨン遺言詩集」の背景にフランス王家とブルグーン家の対立があった。

六

どうしても、あいつめ、おれが声に出して祈るのを
聞きたいんなら、わが洗礼にかけていうが、[1]まさか、
みなさんそれぞれの耳元で怒鳴るわけにはいかないが、

まあ、ご期待は裏切られますまいよ、なんせ、
その気になればだ、おれは詩篇集をもっていて、
牛革やコルドバ山羊革仕立て(2)のものじゃあないが、
そいつの七番目の節のをとりあげるとしよう、
デウス・ラウデン、わが讃め称ふる神よの詩篇のだ(3)　四四

四八

(1) キリスト教徒であることにかけて。神かけて。
(2) スペイン産のをこういう。
(3) じつは八番目。「かれの日は短くされ、他の者が司教職につく。」

七

わが祈りよ、至福なる神のおん子にとどけ、
苦しいときの神だのみ、おれはよばわる、

なにとぞ、わが貧しき祈りを聞こしめせ、
わが肉体と魂をお預かりいただくおん方へ、　五二
あまたのはずかしめからお守りくださった、
下劣な権力のかせから解放してくださった、
おん子の讃えられてあれ、また、聖母の、
そうして、ルーイ、フランスのボンな王の　五六

八

そのものに、神よ、ヤコブの運をおめぐみあれ、
あわせて、また、ソロモンの名誉と栄光を、
武勇のほどは、これは目いっぱいもっている、
力もだ、わが魂かけていうが、ほんとうだ、　六〇

変わらないもの、動かないものはないこの世だが、
縦さにも横さにも、そのひろがりのかぎりまで、
かれのことが人の記憶に残ればいい、だから、
メトセラの長生を、神よ、かれにおめぐみあれ

六四

九

また、十二人のりっぱな息子たち、かれが家筋の、
貴重な王家血脈の息子たちを、おめぐみあれ、
大シャルルがむかしそうだったように勇敢な、
めでたく婚姻の腹に懐胎したこどもたちを、
サンマルシアルがそうだったようにボンな、
死んだ王太子もこうだったらよかったのに、

六八

おれはかれの重ねての不幸は望まなかったのに、
そうして人の世の生命の終わりには楽園浄土を

七二

以上、七、八、九の三節はなにかからんだ物の言い様で、読み手をまどわす。「ルーイ」は元稿の「シャルル」を「ルーイ」の登場に合わせて書き換えたのだと思う。シャルル七世である。「シャルル」はむしろ「シャール」と発音する。ついこのあいだまでは「サール」とか「ツアール」とか「カール」とかというふうに音を出していた。そう聞けば、そうか、「ルーイ」は「サール」の差し替えかと、なんとかご納得いただけるのではあるまいか。もっとも「ルーイ」も、また、「ルイ」の音の変異で、ここで「ルーイ」と書いたのは多分に気分的なものである。「大シャルル」はシャルル七世の父親のシャルル六世と祖父のシャルル五世が重ね書きされている。いずれにしても歴史上の「大シャルル」は武勇を歌われてはいない。だから九節の三行目は皮肉である。「ヤコブの運」「ソロモンの名誉と栄光」も皮肉たっぷりの発言だ。「十二人のりっぱな息子たち」にいたっては、これはヤコブの息子たちをモデルにとっているわけだから、皮肉を通り越してフランス王家に対する中傷と受けとられても仕方のないところがある。

一〇

どうも全体弱ってきたような感じだ、
財布はカラだし、からだもおかしい、
そこでせめては正気をたもっているうちに、
ちっぽけな正気だが、神さまのくださった代物で、
なんせ他人さまのを借りたってわけじゃないんで、　　七六
おれはこの最終遺言状を作成するものである、
わが最期の意思において、全条項をひとつの
ものとして、取り消しえざるものとして　　八〇

一一

六十と一年に、おれはこれを書いた、

王がおれを解放してくれた年だ、
司教チボーのマンの城の牢屋から、
そうして生命を取り戻したときだ、
そのことで、おれの心臓が動いているかぎり、 八四
おれは王に対して頭を下げる、
王が死ぬまで、おれはそうしよう、
善行は忘れられるべきではない 八八

一二

ところでこれは真実だ、嘆き、涙し、
苦しみもがき、うめき声をあげる、
悲しみと悩みと労働の日々だった、

辛い流浪の旅路だった、そうしていま、　九二
人生試練が、なんとも鈍なおれの心を、
まるで糸毬みたいに尖っているのを、
ひらいたこと、それがアヴエローイスの
アリストート注解のすべてにまさって(1)　九六

(1) アヴェロエスの「アリストテレス注解」はこの時代になってもまだ禁書で、詩人がどの程度読んでいたかはおぼろげな景色だ。この節は「本と人生」の主題を歌っている。

一三

ただしだ、これもまたたしかなことで、
というのはビタ一文もたずさまよっていた、

苦境のこのおれに、エマオの巡礼を力づけた、
福音書がそういっている、神があらわれて、　　一〇〇
ボーン・ヴィル[1]のありかをおれに明かした、
愛と信仰と希望の希望[2]をおれにくれた、
罪人がどんなにか悪いやつだといったって、
神が憎むのは罪に執着するかたくなさだけ　　一〇四

（1）イェルサレムに重ねて、ここではパリを指している。
（2）パウロの「コリント人への手紙」にこの三種の徳が人の暮らしにいかに大事かが説かれている。

一四

おれは罪人だ、そうだとも、よく知っている、

だからって、神はおれの死をのぞまれない、
改心して、まっとうに生きろとおっしゃる、
罪に心をさいなまれているのなら、みんな、　一〇八
そうしろとおっしゃる、たとえ罪のただなかに
死のうとも、神みそなわす、神の慈悲は、
おれが良心の呵責をうけているならば、
恩寵を垂れて、赦しをお与えくださる　一一二

一五

そうして高貴なる物語、ばらの物語[1]は、
こういっている、きっぱりと書いている、
いざ物語をはじめようとするにあたって、

若き日の若き心は、これはどう見ても、　一一六
年老いれば老いゆくものなのだから、
許してやれ、と、おお、なんと真実だ、
してみれば、いまおれを非難する連中は、
おれが大人になるのを望まないのだろうて　一二〇

(1) 十三世紀のレール河畔、アンジュー家の宮廷文芸サークルに生まれた長編韻文詩。「ヴィヨン遺言詩集」の詩人はしきりにこれを本歌にとっている。

一六

もしもおれの死が、みんなの幸せに、
なんかのことで、すこしでも役立つならば、

一個の邪悪な人間として死んでいけと、
おれはわれとわが身を裁く、神も照覧あれ、　　一一二四
若いのも年とったのも、気にもとめてくれない、
おれが立っていようが、棺桶のなかにいようが、
動かざること山のごとし、どうして動くかって、
貧乏人ひとり、生きようが死のうが、だれも　　一一二八

一七

アレクサンダーが王だった時代に、
ディオメーデーという名前の男が、
王の御前に連れてこられた、
指責め具をギリギリかけられて、　　一一三二

盗賊ということで、なにしろこれは、
エスクムーって、つまり海賊だった、(1)
カデこと裁判官(2)の前に据えられて、
死罪に問われるのを待っていた

一三六

(1) 次節五行目「エスクメー」(海の泡をすくいとる) から。
(2) アラビア語の「カーディ」から。ところがこの「カデ」に「この」という意味の「ス」がついている。イスラームの「カーディ」は統治者から職権を委譲された役人で、「このカーディ」がアレクサンダーを指しているととるのは苦しい。写本の筆生もとまどっている。

一八

皇帝はかれに声をかけた、なぜだ、
どういうわけでおまえは海の盗賊なのだ、

声をかけられた方は、こう答えた、　一四〇
なんだっておいらあ盗賊って呼ぶんだ、
おいらが海の泡あ、すくってっからか、
あげんちっぽけな舟え乗ってよ、けどよ、
おめっちみたくよ、舟に大砲積めたらよ、
おめっちみたくよ、こうてえって呼ばれんによ　一四四

一九

なんだよ、どうしろってんだよ、おいらの運だよ、
こいつに刃向かおうたって、まんずだめだ、
こいつめ、おいらの舵取り、まちがえやがった、
おいらの運だよ、こんにしてるってえのは、　一四八

まあ、まあ、勘弁してくんなってこと、
おう、おう、わかってくれよ、貧極まればってよ、
みんないうじゃんか、みんなわかってんだよ、
廉直また薄しってさ、正義はナシってさ

一五二

二〇

皇帝はつくづく考えた、いましがた聞いた、
ディオメーデーのいったことを考えた、そうして、
おまえの運をわたしが変えよう、そういった、
悪い方から良い方へ、そう皇帝はかれにいった、
そうして、そうした、以来、トゲトゲしいことばを、
だれに対しても吐かなくなった、実直な人になった、

一五六

これはヴァレールがほんとうにあった話と伝えている、
むかし、ローマで、大人と呼ばれたお人だ　一六〇

二一

もしもの話、神がおれに会わせてくれたとして、
この話のように慈悲深いアレクサンダーがいたとして、
そのかれがおれを幸運の道に引き入れたとして、
そのおれがまたもや悪の道に走るのがみつかったとして、
だったならば、もしそうなったらば火に焼かれ、　一六四
灰にかえれ、そうおれはみずから裁く、おれ自身を裁く、
欠乏がひとに悪事をはたらかせる、道を踏み迷わせる、
飢えが狼を森から追い立てる、そういうではないか　一六八

二二

青春の時代がおれには名残惜しい、
たれよりもかれよりも青春を楽しんだ、
老いの門口に立った、その日まで、
青春は立ち去る日をおれに隠していた、
青春は歩いて立ち去りはしなかった、
馬ででもない、ああ、どんなふうだったか、
突然、飛び立って、行ってしまった、
なにひとつ、このおれに遺すことなく

一七二

一七六

二三

青春は行ってしまって、おれは残る、
分別に欠け、なんとまあ、知識まずしく、
悲しく、みじめで、桑の実より黒く[1]、
地代家賃をとるでもなく、資産なく、　一八〇
おれの一族でいっち端くれのやつさえが、
嘘なもんか、おれを知らんとやっきになる、
人間自然のつとめなんぞ、知ったことか、
なんせおれがすっかんぴんだというんで　一八四

(1) これは写実ではない。桑はヨーロッパに自生せず、イラン高原の方から栽培種が入るのは十五世紀末から十六世紀。桑の知識は古代ローマの文芸に借りている。

二四

そうよ、くよくよしないで、つかっちまった、
大食の、宴会好きのでつかっちまって、それに、
女の方もで、なにしろ、惚れた、だからってなんにも
売ったりはせん、友だちが怒るようなものは、だ、　一八八
あいつらの掌中の珠は、だ、最低、そんなかな、
わたしがいうのは、そんなかな、つっかかってるとは
思わんが、おおよ、いっくらでもいい返せるぞ、
まちがってないんだから、まちがってないということもない　一九二

二五

女に惚れた、これぞ実正、これからだって、
惚れつづけて、惚れつづけていくだろうよ、
ところがだ、心悲しく、腹が減っていて、
なんせ胃に三分の一しか、入ってないんだ、　一九六
おれを恋路から排除する、心と腹がってわけだ、
まあ、いいさ、だれかがかわってありつくさ、
だれがって、まあ、酒蔵でたらふく飲んだのが、
なんせダンスはパンスのあとにっていうじゃんか(1)　二〇〇

(1)「パンス」は「腹」をいう。「腹ができたら」ということで、「ダンス」「パンス」と音の響きを合わせた地口。

二六

ええい、ちくしょう、ちゃんと勉強していたら、
愚かな青春の日々をあそび暮らさずに、
身持ち正しく過ごしていたら、家ももてたし、
やわらかい寝台に寝ることもできただろう、　二〇四
なんということだ、おれは学校から逃げだした、[1]
まったくこれは悪いこどものすることだ、
ああ、こうした言葉を書きつづっていると、
おれの心は、いまにも張り裂けんばかりだ　二〇八

(1) 詩人グィオーム・ヴィオンはパリ大学教会法学部を卒業しなかった。学位取得者にはなれなかった。そのひとつ手前の「バッカラリウス」の資格しかとれなかった。

二七

賢人の言[1]は、おれのような悪いこどもに
好意的だと信じたが、おれのまちがいだった、
なにしろ、快楽を為せ、わが子よ、
汝の若き日に、と、こういっているのだが、　二一二
ほかのところでは別の皿が供されていて、
こういうのだが、青春の季節と若き日は、
なにしろ、これが賢人の言そのままだ、
ほかならず、過誤と無知そのものである　二一六

（1）ソロモンが筆者だと伝えられる「伝道の書」

二八

わが日々のすみやかに移り行くこと、
あたかも、とヨブはいう、織られた
布地から垂れ下がる糸くずが、織り手の
手にするわら束の火に焼き払われるさま、(1)　　二二〇
糸の端の飛び出しているのをみつけるや、
織り手はサッと取り去ってしまう、だから、
おれはもうなにが起ころうとおそれない、
なぜって、死ねばすべてが終わるのだから　　二二四

(1)「わが日々のすみやかに移り行くこと、織り手の布を下刈りするがごとし」「ヨブ記」は筆者が「スッキドー（下刈りする）」と書いているのを、詩人は「スッケンドー（下から火を付ける）」と読んだということか。

二九

いまはどこにいる、遊治郎（ゆうやろう）ども、
むかし、おれが付き合っていたやつら、
カラオケ上手で、口がようまわる、
いうこと、やることにソツがない、
死のこわばりにつかまったのがいる、　　　　二二八
想い出のよすがはなんにも残っていない、
ハライソ(1)でおゆるしをうけなさい、
おお、神さま、生き残り組におすくいを　　　二三二

（1）キリシタン用語で「天国」。ポルトガル語の「パライゾ」からという。

三〇

うまいこと、成り上がったのがいる、
神さまに感謝、大領主さまだ、大旦那衆だ、
スッテンテンで乞食やってるのもいる、
パンなんぞ、ついぞお店で眺めるだけ、
修道院に入って坊主やってるのもいる、　二三六
セレスティン坊主だ、シャルトゥルーだ、
牡蠣採り漁師のはくような長靴はいて、(1)
みろよ、なんとまあ、いろいろいることか　二四〇

(1)「セレスティン」、「シャルトゥルー」は一四九節にもセットで印象深く登場する。かれらが履いていると詩人がからかっている「長靴」については「形見」二四節をご参照。

三一

修道院のお歴々には、よい暮らしが神の御恵み、
平穏無事に、おだやかにお過ごしのようで、
過ちをただそうたって、ただすところがおありでない、
だから、まあ、なんにもいわんほうがよろしかろうて、　二四四
対しましては、食べるにことかく平の司祭には、
おれみたように、神の御恵みはただもう辛抱、我慢、
こちとらには、ねえ、あの方々には足りないものなし、
なにしろ、ねえ、パンはお膳つきでわんさかある　二四八

三二

酒はしょっちゅう飲み口をあける、
料理はソースに、ブルーエに、でっかい魚、
タルトにフランに、ウフフリ、ポシエ、
ペルドゥなどなど、どれもこれも卵料理、[1]　　二五二
いい暮らしだよ、石工なんて及びもつかない、
なんせこっちは助っ人が欲しい仕事だからねえ、
なんと坊主は酌人を欲しがらないってこと、
めいめいが手酌でやって、それが仕事　　二五六

（1）料理のスタイルと食材をただ並べている。前節に続いてこのあたり、食文化がテーマだが、詩はあまり上手ではない。「遺言」一七八節とそれに続く「唱歌」に比べると、だんぜん見劣りがする。よほど若い頃の習作か。

三三

おれとしたことが、とんだ横道だった、
話の筋からすっかりはずれちまった、
おれは裁判官じゃあない、代理でもないさ、　二六〇
罰するの宥そうのなんて、いえた義理か、
なんせ、おれは人一倍不完全な人間よ、
おやさしいイエス・クリストウ、称えられてあれ、
かれらがおれからつぐないをせしめますように、
それが書いてしまったことは書いてしまったことだ(1)　二六四

(1) 磔になったイエス・キリストの頭上の貼り札に文句を付けたユダヤ人にローマ人総督ピラトが答えたという文言をなぞっている。「かれら」は三〇節以来の「修道院の坊主」すなわち托鉢修道会の修道

三四

修道院や坊主どものことは放っておいて、
別な話をしよう、もっと愉快な話をしよう、
ともかくこの手の話題の好きなのはいない、

士とユダヤ教の守旧派パリサイ人を指している。ちなみに原文は ce que jay escript est escript と書いていて、これは「ス・ク・ジェ・エスクリ・テ・エスクリトゥ」と読み、行末の「トゥ」はほとんど音に出さない。これで八音節である。これと脚韻を踏むのが六行目で、loue soit le doulx jhesu crist「ルーエ・スェ・ル・ドゥー・イェス・クリストゥ」と読み、行末の「ストゥ」はほとんど音に出さない。これで八音節である。アルスナール写本は jezucrist と書いていて、イェズクリと読ませたがっているふうだが、三写本とルヴェ本、crist のオルトグラフィーについて異同はない。そこが肝心な点である。

わずらわしい、不愉快だ、貧乏の話はどうだ、
貧乏、こいつは悲しくて、愚痴っぽい、
のべつ傲慢で、反抗的で、なにかというと、
なんか刺のある言葉を口にしたがる、
口では押さえても、心中ひそかに思うものだ

二六八

二七二

三五

おれが貧乏なのは若いころからで、
なにしろ貧しい、下賤な家の出だ、
おやじは金持ちからてんで縁が遠かった、
オラス(1)という、おやじのじいさんもだ、
貧しさがおれたち一族を追いつめる、

二七六

ご先祖の墓石をいっくらにらんでも、
神さま、あのものたちの魂に御加護を、
王冠だの錫杖だのが彫られているわけじゃない

二八〇

(1)ローマ帝国の体制作りに忙しかった時代のローマの文人ホラティウス。ローマ人の生活と意見を書簡体の風刺詩に歌った。

三六

貧乏だ貧乏だとあんまりいうものだから、
なんどもなんども心のおれにいうには、だ、
男だろ、そんなに悲しがるなって、
いつまでも、ぐずぐず嘆くなって、
ジャック・クール(1)ほどにも金持ちじゃないって、

二八四

粗末なもん着ても、生きてるじゃんか、
生きてる方がいいだろ、むかし領主だったのが、
いまは立派な墓の中で腐ってる、そんなんよか

二八八

(1) シャルル七世の財務方筆頭役人。シャルルがブールジュに王旗を掲げていたころからのつきあいで、自分でも地中海貿易に身を乗り出した。「金持ち」と噂されたのはそのあたりから。

三七

むかし領主だったのが……、なんだと?
いまはもう、ああ、領主ではないと?
ダヴィデではないが、風過ぐれば失せて跡なく、
その生ひいでし処(ところ)に問へど尚知らざるなり、[1]

二九二

爾余一切のことは、おれは裁定を忌避する、
おれの手にあまる、なにしろおれは罪人だ、
神学者たちに、おれはそいつはまかせよう、
なにしろそいつは托鉢坊主の仕事だ

二九六

(1)「詩篇」一〇三章一六節の「文語訳聖書」の訳文をそのまま借りた。なんとも言葉の響きが美しい。一五節の「人のよはひは草のごとくその栄(さかえ)は野の花のごとし」に続く。

三八

たしかにおれは、そうだとも、星々を
飾った宝冠をいただく、天の御使いの
息子ではない、おれのおやじは死んだ、

神よ、かれが魂を御受納あれ！　三〇〇
肉体は、墓石の下に横たわっている、
おふくろもいずれ死ぬ、わかっている、
おふくろも知っている、あわれな女よ！
息子もいつまでもながらえはしない　三〇四

三九

おれは知っている、貧乏人も金持ちも、
利口も阿呆も、僧侶も俗人も、
貴人、下衆（げす）、鷹揚なのも、しみったれも、
チビもデカも、見端（みば）のいいのも悪いのも、
ふさふさと毛皮の襟の奥様連も、　三〇八

あれこれいわず、どんな身分の女たちも、
高々と髪を盛り上げ飾りたてた女たちも、
死は区別せず、どんどんつかまえる

三一二

四〇

パリスさえも死ぬ、ヘレーンさえも死ぬ、(1)
だれだろうと死ぬ、もがき苦しんで死ぬ、
息ができない、息の根がいまにもとまる、
胆汁が、心の臓の上ではじけてこぼれる、
汗をかく、ちくしょう、なんという汗だ、
この苦しみを和らげてくれるのはだれだ、
いるもんか、こども、兄弟姉妹、だれも、

三一六

身代わりに立とうかとはいってくれない　　　　三二〇

（1）ホメロスの『イーリアス』の伝えるトロイ戦争の古伝承に、トロイの王族パリスとスパルタの王妃ヘレーンは世界の若者の元締めの地位を占めている。ちなみに「ヘレーン」はhelaineと書くが、コワラン写本だけはelayneと書いている。「エレーン」の読みもあったと思わせるが、他の二写本とルヴェ本の表記は「ヘレーン」を指している。「ヘレーン」の本歌は『ばら物語』にあったと思われる。ヘレーンは三箇所に出るが、メウンのジャンは一箇所にheleine、二箇所にhelene のオルトグラフィーをあてている。ともにフォノグラフィーは「ヘレーン」である。サンブネのは本歌のheleneをhelaineと写している。これを「エレーン」と読むべきいわれはない。なお、「フラン・グンチェに異議ありのバラッド」をご参照。

四一

死は、身体を震わさせ、肌の色、蒼ざまさせ、

鼻を押し曲げらさせ、血管をふくらまさせる、
首を腫れらせ、胴体四肢の肉をたるまさせる、
関節をきしらさせ、筋をゆるまさせる、
女体よ、かくもやわらかな、なめらかに甘く、
かくもたっとい、おまえでさえもこの禍事(まがごと)に、
耐えねばならぬか、そうだ、そうでなければ、
生きたまま天国へいく羽目になるではないか

三二四

三二八

むかしの女たちのバラッド

いってくれ、いまどこのくににいるか、
フローラは、あの美女のローマの女は、

あのアルシピアデッス(1)は、タイッスは、
いとこだったか、いとこの子だったか(2)、
音を投げれば、木霊（こだま）をかえすエクォは、　三三二
川のながれにあそんで、池に住まって、
きれいだった、人間の女はかなわない、
さてさて、去年の雪がいまどこにある(3)　三三六

（1）紀元前四世紀のアテネの政治家だったという。
（2）ごく近しい関係だったといっているだけ。掛かり具合もよく分からない。
（3）バラッドは基本は八行詩三連と反歌四行詩から成るが、各連の最終行を合わせるという約束がある。

どこだ、とってもかしこいエロイッス、
女のせいで去勢され、修道士になった、
ペール・エベラーは、サンドゥニッス、
女に惚れられて、つらい立場に立った、[1]
おなじく、また、王妃はどこへいった、
かの女の指図で、ブリダンはセーンに、
ふくろに詰めこまれて、放りこまれた、[2]
さてさて、去年の雪がいまどこにある

三四〇

三四四

(1) 十二世紀のエロイーズとアベラールの恋愛と結婚の物語はふたりがとりかわした手紙文が写本に作られかなりの数流布したことによってよく知られていた。ちなみに「エロイース」はeloysと書いていて、sはほとんど音に出さない。サンブネのの本歌はこれもおそらくメウンのジャンだが、ジャンはラテン語で書かれて取り交わされたこの二人の手紙をフランス語に訳している。しかし、それはわたしは見ていない。だからそちらの方にどう書かれているのかは知らないが、『ばら物語』にもジャンは「アベラールとエロイース」の

話を書いていて、そちらではエロイースはheloysと書いている。「ヘロイース」です。サンブネのの方でも、ルヴェ本だけはだんこhelloysと書いているが、三写本はそろってeloysである。こういうケースではルヴェ本に勝ち目はない。メウンのジャンの本歌はラテン語でheloysaと書いていて、それをジャンはheloysと写した。だから、heloysa, heloysと書き継がれてきた女性の名前を、サンブネのはeloysと書いたということになる。ヘロイーサ、ヘロイースではなく、エロイースだと主張ははっきりしている。

（2）十四世紀、セーヌ河畔のさる塔に住まいするさる王妃の千夜一夜物語の裏返し。

ブランシュ王妃は、白いユリ花のよう、
かの女の歌うはセイレンの歌声のよう、
大足のベルト、ベトリッス、アリッス、(1)
ル・メーンを領したアランブルジッス、(2)

またジャーン、ラ・ボーン・ロレーン、
イギリス人がルーアンで火炙りにした、[3]
かれらは、どこに、どこに、聖処女よ、[4]
さてさて、去年の雪がいまどこにある

三五二

（1）いずれも「ロレーヌ物語」系列の物語の女たち。

（2）これは物語の女ではない。メーヌ伯家の女で、自身伯に立ち、アンジュー伯と結婚した。メーヌとアンジューの合同がそこに成った。

（3）いまふうに発音すればジャンヌ、ラ・ボンヌ・ロレーヌで、どうしてジャンヌ・ダルクはボンなロレーヌ女と歌われているのだろう。かの女のいう「ドーフィン」こと未だ野にあるシャルル王に忠実だったと詩人はあてこすっているのだろうか。

（4）「かれら」は「イギリス人」

王、アンケートに一週間かけてもムダ、
女たちはどこだ、一年かけたってダメ、[1]
結果、おれがこのルフランへ連れ戻す、
さてさて、去年の雪がいまどこにある

三五六

(1)「王」はバラッドの反歌の書き出しの挨拶語で、原語は「プリンス」。文脈によって対応する日本語は変わる。「アンケート」は「むすめジャンヌ」に関する聞き書き調査。法王特使が主宰した。

むかしの男たちのバラッド

くわえて名指せば、三番目のカリスト、
そう名乗っていて、近ごろみまかった、

四年のあいだ法王表にその名があった、(1)
アルフォンス、アッラゴンの王だった、
ブルボン侯、なんともカッコよかった、
アルトゥー、ブルターン侯、どこいった、
七番目のシャルル・ル・ボン(2)、どこだ、
さてさて、どこだ、いさましいシャルル大王(3)

三六〇

三六四

(1) 法王カリスト三世。前のバラッドの反歌に示唆された「アンケート」企画の黒幕。
(2) シャルル七世のことだが、どうしてこれを「ル・ボン」と呼ぶのか。王が王に対して忠実であるというからかいか。
(3) 「シャルルマーニュ」とふつうはおごそかに読むところだが、そう読む根拠が分からない。先代のシャルル六世でも、先々代のシャルル五世でもよいと思う。

あのスコッチ王についても同じことがいえる、[1]
その顔半分が、なんと、うわさに聞いた、
むらさき水晶みたように、真っ赤だと、
そのアザ、ひたいからおとがいにかかった、　　三六八
キプロス王はどこだ、この王、高名だった、
それに、あのボンなスペイン王はいまはさて、
なんて名だか、おれは知らんけど、どこいった、
さてさて、どこだ、いさましいシャルル大王　　三七二

(1) スコッチ王は戯訳で、それがサンブネの司祭自身がふざけている。原語はスコティストだが、これは、一二六〇年代中頃にスコットランドの東南のイースト・マーチのダンズに生まれ、一三〇八年にケルンで死去したスコラ学者ジョン・ダンズ・スコット（ラテン語形でヨハンネス・ドゥンス・スコトゥス）の説に与する者という意味合いで使う言葉で、そんな、期待される「スコットランドの」とい

うような意味合いは、この言葉からは浮上しない。わたしがいうのはテキストからということで、オックスフォード・イングリッシュ・ディクショナリーを見るかぎり、英語でそうである。というよりも、この語は英語である。フランス語ではない。おもしろいのは十六世紀のフランスェ・ラブレーは「ジャルジャントゥーア（ガルガンチュワ）」の七章で複数形で「ドクトゥール・スコティスト」と書き、「パンタルオー（パンタグリュエル）二」の一七章で「ヘラクリトゥス、グラン・スコティスト・エ・テネブルー・フィロゾフ」と書いている。古代ギリシアの哲学者ヘラクレイトスがダンズ・スコットの教説に従う者で、暗闇の哲学者だといわれているわけで、これはつまりは「スコティスト」に、ギリシア語で「スコテイノス」暗いをかけてヘラクレイトスをからかっているわけですよと、わたしの見ているラブレーのテキストの校注者は感想を述べている。いずれにしてもスコティストはジョン・ダンズ・スコットその人をいう形容として使われているわけではない。ラブレーは「ジャルジャントゥーア」一三章の最後に、お尻をふくのに鵞鳥の首を使うのはそれはそれは気持ちのよいものだという話を書いていて、その快楽は天国の至福に通じるものだ。これは「メストゥル・ジャン・デスコッスの意見」だと放言している。エスコッスのジャンと呼んでいるわけで、エスコッスは近代フランス語ではエコッスで、スコットランド人をいう。しかしトブラー - ロンマッチやグレマを見るかぎり、中世のテキストにこのかたちのは出ない。エスコないしエスコ

トのかたちのは二、三見られるが、どうも語尾のおさまりが悪くて、中世フランス語のなかでは安定しない。トブラー - ロンマッチは、一九一四年にガストン・レイノーとアンリ・ルメートゥルによって刊行された『ル・ロマン・ド・ルナール・ル・コントゥルフェ』という狐ルナール物語のひとつのヴァージョンに「エコソワ」といういいまわしが出ているという。しかし、これはロンマッチ（トブラーは十九世紀の学者で、その仕事を二十世紀のロンマッチが引き継いだ）がそう発音するのだろうと見当をつけて項目に立てているにすぎず、ひかれているフレーズを見ると、「エスクツェないしエスコツェ」と発音して当然の綴り字である。たいへんややこしい話で恐縮だが、スも、クないしコも、またツェも、どれもシー（フランス語でセー、ドイツ語でツェー）の字がらみで、音の形は時代によって揺れている。また、ロマンス語の展開の過程で、ラテン語の原綴にウー（英語のイー、ドイツ語のエー）の接頭辞の付くことがひんぱんに起こる。ラテン語スパトゥムがエスペー（剣）、人名でステファヌスが英語でスティーブン、中世フランス語でエスティェン、近代フランス語でエティエンヌといったぐあい。「エスクツェないしエスコツェ」もそのたぐいで、なんと、英語のスコッチに近くなった！　ちなみに「ル・ロマン・ド・ルナール・ル・コントゥルフェ」は、以前はよく「ル・コントゥルフェ」を偽作だの偽造だのと訳していたものだが、わが追慕敬愛する新倉俊一はさすがだ。これをま

あれこれいうのは、もうやめだ、すっぱりと、
この世はだまし絵だ、たしかなものはなにもない、
死にはむかうなんて、とてもそんな、どうあがこうと、

とめて「ルナールに化ける」と訳している。「遺言」の一四三節の後の「フラン・グンチェに異議ありのバラッド」は「レ・コントゥルディ・フラン・グンチェ」という。「コントゥルフェ」は、この「コントゥルディ」と同じなのです。「狐ルナール物語に異議あり」というわけで、十三世紀にいくつも書かれた狐ルナール物語に対して物を言っているわけです。作者が一三一九年に書いていたことは分かるが、いつごろ完成したかはよく分からない。たぶん一三四〇年代までいったのではないかと想像されている作品で、物語というか、なにか人文自然の現象すべてにわたって好奇心をはたらかせた一種百科事典的な文集に仕上がったのだという。なんと十三世紀の『ばら物語』の流れです。新倉の「ルナールに化ける」は、つまりは「狐ルナールに化けてなにか物を言う」ということで、なんとあたっているではないですか。

死にそなえるなんて、よくいうよ、だれにもできはしない、　三七六
ようし、貧問はあと一回だ、あとはやめた、やめた、
ランスロットだ、どこだ、あの王は、領国はボヘミア、
あいつはどこだ、それにじいさんはどこいった、(1)
さてさて、どこだ、いさましいシャルル大王　三八〇

(1)「じいさん」はドイツ王ジギスムント。

ボンだった、王軍長ベルトラン、どこへいった、
いまはどこにいる、オーヴェルンのいるか紋の伯、
ボンだった、逝っちまったアランソン侯父子、どこだ、
さてさて、どこだ、いさましいシャルル大王　三八四

古いフランス語で歌う同じテーマのバラッド

いかなれば聖使徒法王たるも、よそならず、
身に長白衣、肩衣を重ねて腰で締め、
金襴の長帯を聖十字に結んで巻き、
これを得物に、悪魔の首根を押さえ込む(1)、
よこしまな怒りに身を焦がすそやつめの、
その御方も死ぬ、随身の平僧侶と同じこと、
この世の生から、吹き飛ばされて、
風過ぐれば、失せて、跡なし

三八八

三九二

（1）一四五〇年代に実在したローマ法王の記憶が印刻されている。「形見」十二節をご参照。

げにまこと、コンスタンチノールの、
黄金の束がしらを握る皇帝たるも、
またフランスの、至高至尊の王たるも、
他に王たるものすべてに優りいて、　三九六
尊崇置くあたわざるはなし大御神に、
聖堂僧院、あまた建立寄進する[1]、
生前、いかばかりか栄誉を受けようと、
風過ぐれば、失せて、跡なし　四〇〇

（1）シャルル七世が暗示されている。ブルグーン家との和解にあたって、

シャルルはおひとよしのフィリップに先代おそれしらずのジャンの殺害の責任を認め、ディジョンほか各地に「聖堂僧院、あまた建立寄進する」ことを約束している。

ヴィーエンとグルノールの、
王太子たるも、猛くして賢く、(1)
ディジョン、サリン、ドールの
最年長の男子の殿たるも、(2)
またその家来どもも同じこと、
伝令使、喇叭手、供回り、
いかに美酒美食に耽ってはみても、
風過ぐれば、失せて、跡なし

四〇四

四〇八

（1）ドーフィネの領主をいっていて、フランス王家の相続予定者で、シャルル七世とルーイ十一世の像が重ねられている。

（2）ブルグーンとブルグント（フランシュコンテ）の領主の息子をいっていて、このばあいも、おひとよしのフィリップとむこうみずのシャルルのふたりが考えられる。ところが、ふたりとも一人っ子で、「最年長の」は意味を為さない。「最年長の」は「ル・プル・セスネ」と書いていて、直訳すれば「一番さきに生まれた」である。だから庶出もいれてというからかいか。

およそ君侯も死ぬ定め、死なぬはなし、(1)
生きとし生けるもの、みなおなし、
この定めを悔やむとも、はた怒るとも、
風過ぐれば、失せて、跡なし

四一二

（1）バラッド反歌四行詩冒頭の挨拶語。「プリンス」がここでは文章に

組みこまれている。「君侯」と訳した。

四二

なにしろ法王も、王も、王の息子も、
王妃の腹に生まれたのも、そうじゃないのも、
死んで、冷たくなって、葬られる、
かれらの王国は他人の手にわたる、　四一六
なのに、このおれ、しがない言葉の行商(1)は、
死なないか？　死ぬさ、神の御意のまま、
したが、その前に贈り物(2)をしたいんで、
それができれば、いつ死んでもいい　四二〇

（1）其角の『虚栗（みなしぐり）』に「詩商人（あきんど）年を貪（むさぼ）ル酒債（さかて）かな」

(2)「エストレーン」古典ラテン語では「新年の贈り物」、中世の騎士道物語では「週のはじめの贈り物」、ここでは詩人があなたがたのところへお届けする『遺言の歌』。

四三

この世のことは、いつどうなるかわからん、
金持ちどもはそうは思いたくなかろうが、
おれたちはどいつもこいつも死の剣の下だ、
せめてはこれを慰めとしろ、あわれ老人よ、　四二四
この男、口は悪いが愉快なやつと、それは、
若いころには、評判たかかったか知らんが、
阿呆なやつと、世間からさげすまれるだろうよ、
老いてなお、お茶らけでいこうとしょうもんなら　四二八

四四

なんといまは物乞いするのがお似合いだ、
なんせ、食うためにはしかたない、
昨日も今日も、死を助けと待ち望む、
悲哀が心の臓をギュッと締め付ける、　　四三二
神を畏れる気持ちがなかったならば、
なんと恐ろしい行為に走りかねない、
神をないがしろにすることになる、
われとわが身を滅ばすことになる　　四三六

四五

なぜって、若いころには人に気に入られたが、
いまは人の気に入るようなことはよういわぬ、
年寄りの猿は嫌われる、それが習いだ、
しかめっ面をしては、人に嫌われる、
お気に召していただこうと黙っていれば、
年とっちまって阿呆んなったといわれる、
なにかいえばなにかいったで、黙っていろの、
どうせよそでとれたスモモだろうのとけなされる

四四〇

四四四

四六

この女たちだって同じこと、あわれな女たち、

年老いて、無一物、なんにももっていない、
娘たちを見るたびに、だれはばかることなく、
むかしの自分たちのマネをして、老女たち、
神さまに問いかける、なぜですか、あたしたち、
早く生まれすぎた、そういう定めだったのですか、　四四八
われらが主は、ピタリと口を閉ざしてござる、
なぜって、議論をすればまんず主の負けだから　四五二

兜屋小町恨歌

四七

嘆きの声がおれの耳に聞こえるようだ、

往時、兜屋小町と評判だった女が、
若いころにもどりたい、娘でありたいと、
こんなふうにせつせつと語るのが、
おお、老いよ、なんと残酷で、猛々しい、
ずいぶんと早く、あたしを打ちのめしたね、　四五六
なぜ？　あたしを止めるのはだれ？　いっそ
われとわが身を打って、死んでしまいたいのに　四六〇

四八

老いよ、おまえはあたしから、あの至上の特権、
美があたしに授与してくれた力を奪った、
学生さんや、あきんどの旦那衆、教会のお方、

だってあのころは、そんな変な男はいなかった、
財産ぜんぶ、あたしにくれようとしない男なんて、
それが後悔のもとになるかもよといったって、
好きにしていいよって、あたし、いいさえすれば、
いまじゃ、それが、乞食にさえもこばまれる

四九

それが、あたしがこばんだ男はたくさんいて、
つくづく、かしこいやりかたじゃあなかった、
なんとねえ、たったひとりのワルを好いちまって、
なんとまあ、たっぷり、入れ揚げちまった、
それは、だれそれかまわず媚びは売ったが、

四六四

四六八

四七二

ちかいます、あたしはあいつを好いていた、
なんとねえ、邪険なあしらいしか受けなかったが、
あいつの好きなのは、あたしのオカネだったが

四七六

五〇

だけれども、なんど引きずりまわされたって、
あしげにされたって、好きなものは好き、
足をはらわれて、腰で引きずられたって、
はらよ、べゼしてやっからよといわれれば、
どんなつらかったことだって、みんな忘れちまう、
性悪の、ならずもの…、
抱かれたら…、もう、とろけちゃう…、

四八〇

あとにのこるのは…、恥と罪…

四八四

五一

あいつも逝って、三十年、
あたしは生き残る、老いて、髪白く、
ああ、若いころの日々を想えば、
つくづくと裸のわが身を眺めれば、
どんなだったか、どうなってしまったか、

四八八

変わり果てたわが身と知れば、
ひからびて、やせて、ちぢかんで、
狂わんばかりに、ええい、腹が立つ

四九二

五二

どうなったか、あのつややかなひたい、
ブロンドの髪、三日月の眉、
眉間はひろく、愛らしい口元、
どんなにかはしこい男も射すくめる、
まっすぐ通った鼻筋、高からず低からず、　四九六
かわいらしい耳も、品よくピッタリと、
あごにえくぼの、ととのった顔立ち、
そうして、あのきれいな朱色の唇は　五〇〇

五三

あのやさしい、ほっそりした両の肩、
すんなりした腕、きゃしゃな両の手、
小さな乳房、肉付きゆたかな腰、
高々ともりあがって、ちょうどよいぐあい、
なににって、恋の試合を受けて立つのに、
豊満な腰のひらきに、あのつんつんツビ、
どこにって、ぷりぷりした太腿のあいだの、
その奥の小さな庭のなかの、それがいま

五〇四

五〇八

五四

いまは、しわよるひたい、灰色の髪、

抜け落ちた眉、くぼんだ両の眼、
むかしは、流し目をくれてやって、
悪がきどもを大勢つかまえたものだ、
曲がった鼻だねえ、美にはほど遠く、
耳は垂れ下がって、毛が生えている、
血の気の失せた顔は土色で、生気なく、
すぼんだあご、しわしわの、たるんだ唇

五一二

五一六

五五

これぞ人間の美のなれの果てかねえ、
ちぢまった腕、ちぢかんだ両の手、
かたくなって、ごつごつした両の肩、

乳房はどうなったって？　しなびた、
腰のまわりも、あわれ乳房とご同様、
ツビ？　ちっ！　太腿について申し上げれば、
もう、こんなの、腿ではない、腿モドキ、
腸詰めみたように、やれやれ、シミだらけ

五二〇

五二四

五六

むかしの盛りの時季(とき)を恨む、
あたしたち、年寄りのおろかもの、
地べたにしゃがんで、うずくまって、
毬みたように背中丸めて、身をよせあって、
はかない麻幹(をがら)の火をかこんで、

五二八

燃えたとみれば、すぐ消える、
あたしたち、むかしはきれいだった、
これが終(つい)の姿よ、男も女も

五三二

兜屋小町が春をひさぐ女たちへ贈るバラッド

さあ、よっくお考え、べっぴんののうてんきやさん、
ずうっと生徒だったおまえさん、
おまえさんだよ、履き物屋のブランシュ、
そうだよ、性根をすえるときがきたんだ、
右へ左へ、せいぜいつとめてお出かけな、(1)
手あたりしだい、男をおつかまえ、きっとだよ、

五三六

なぜって、年とれば、もうなんの値打ちもない、
通用停止とお触れの出たオカネ同然　五四〇

そうして、おまえ、かわいい腸詰め売り屋さん、
ダンスは右手で、とってもお上手だねえ、(2)
そちら、絨毯屋のグィメット、いいかい、
くれぐれもね、旦那をしくじんじゃないよ、　五四四
じきにお店を閉めなくちゃならなくなるんだよ、
おまえさんたち、年とって、色香もあせたらば、
お仕えできるのは、お年寄りの司祭さんだけ、(3)
通用停止とお触れの出たオカネ同然　五四八

こちら、帽子屋のジャーントン、いいかい、
おともだちにじゃまされないよう、お気をつけ、
そうして、そちら、袋物屋のカトリーン、
殿方をじゃけんに追い出すなんて、もうおやめ、　　五五二
なぜって、きれいじゃないんなら、殿方の
ごきげんそこねないよう、ニッコリお笑い、
だって、みにくい年寄りに恋はお呼びじゃない、
通用停止とお触れの出たオカネ同然　　五五六

むすめたち、いっしょけんめい、聞くんだよ、

五六〇

なんでまた、あたしが泣くのか、さけぶのか、
なぜって、あたしはもう終わりだ、
通用停止とお触れの出たオカネ同然

(1) prenez a destre et a senestre と書いていて、prenez は動詞 prendre の変化。次行に「手あたりしだい、男をおつかまえ」と見えるから、このprendre は「取る」で、次行と連動して「男をつかまえる」。a senestre だが、これはラテン語の sinister からで、左方をいう。十四世紀にgauche も同じ意味合いで使われるようになり、近代フランス語ではこちらの方があたりまえになった。gauche はゲルマン語起源である。senestre は紋章用語に生き残った。どちらにしてもdestre、近代フランス語でdroit ではないもの、右ではなく左、正ではなく不正をいい、右に対して左をおとしめるのは、どうやらキリスト教文化圏の根源に根ざす習性であるらしい。『創世記』第四八章の読みがかぎりなくおもしろい。ヨセフは死期の迫った父親ヤコブのところへ長子マナセと次子エフライムを連れてきた。ヤコブはイスラエル人の長である。ヤコブに向かって左方にマナセを、右方にエフライムを向かわせたところ、ヤコブは右手を斜めに差し伸べてエフライムの頭に、左手を右手に重ねて斜めに

差し伸べてマナセの頭に置いて祝福した。このヤコブが孫たちを祝福するところは一四節に書かれている。文語訳聖書はこう訳している。「イスラエル右の手をのべて季子エフライムの頭に按き左の手をのべてマナセの頭におけりマナセは長子なれども故にかくその手をおけるなり」長子マナセをなぜ右手で祝福しなかったか。レンブラントがこの場面を絵に描いている。かたわらに立っている孫たちの母親アセナテの憂い顔がなんとも印象深く、わたしはこの絵を「アセナテの憂い」と呼んでいる。一四節のあと、一五節から二〇節にかけて、現行聖書の文章は、いかにヨセフが長子マナセをヤコブの右手による祝福にあずからせようとしたか。それに対してヤコブがどう対し、どう言ったかを記述することにかまけている。ところが、おそらくレンブラントが読んだであろう聖書に一番近いところに位置していたはずの『ジェームズ王欽定訳聖書』は、一四節をこう訳している。「そしてイスラエルはその右手を伸ばし、より年若のエフライムの頭に置き、左手をマナセの頭に置いた。故意にそのように手を動かしたのであって、なぜならばマナセが初子だったからである。」「初子だったが故意に」などと書いてはいない。聖書書誌学の研究史上、第四八章の一四節は後代修訂され、一五節から二〇節までは、原本に付加された文章であるという見方が定まっているという。『出エジプト記』第一五章に「エホバよ汝の右の手は力もて栄光をあらはすエホバよ汝の右の手は敵を砕く」と見える。なんと左の手の出る幕がないではないか。セニストゥルもゴーシュも左に

対する右の優位を言っている。ダンスが上手なのを「右手で」などと書くのは差別に荷担することになるであろうか。

（2）adestre と書いていて、これは「上手な」という意味で十四世紀以降、使われるようになった形容詞で、グレマはなんということもなく十三世紀のフランドル伯妃の宮廷のミンストレルだったボードゥイン・ドゥ・コンデの作品が初出だと書いているが、トブラー - ロンマッチは、なにかくちごもっていて、ゴドフロワなんかを参照指示したりしている。これは御両所がなんとなく疑わしげになっているときの挙動です。もともとは動詞 adestrer の形で『シャンソン・ドゥ・ロラン』にはじめて姿を現した。それがまたなんとも面妖な一行で、espaneliz fors le vait adestrant(2648) というのだが、espaneliz というのは人の名らしく、さて、だれだと古来議論の的になっている。vait は aller の変化で「行く」。adestrant は「adestrer しながら」というふうに読み、adestrer は a - destre の動詞化で、「右側に付く」という意味。おそらく le は adestrer の補語で、彼の右脇に付いて行った。fors は「外に出て」だから、通しで読むと、エミール（イスラムの地方官）は船から下りた。エスパネリスも外に出て、エミールの右脇に付いて行った。

（3）もしやサンブネの司祭グィオーム・ヴィオンのことではあるまいか？

五七

以上、むすめたちが聞かされた教訓は、往時、
美女と評判されたあの女が垂れたもの、
出来がよかろうがわるかろうが、
ともあれ、おれは女の話を書き留めさせた、
書き留めたのはおれの書記、粗忽者のフレミン[1]だが、
この男、なかなかどうして、おれと同じで思慮に富む、
まあ、期待にそむいたら、呪いのひとつも浴びせるかね、
なんせ、主人は召使いでわかるっていうじゃんか

五六四

五六八

(1) 詩人の青春時代の友人で、写本工場の筆生をつとめていたフレミン・ル・メをいっている。若い頃の交友の記憶を、サンブネの司祭は随

所に歌いこんでいる。

五八

たしかに大変な危険にさらされている、
そうおれは思うよ、恋愛している男はねえ、
そう考えているこのおれを非難するのがいる、
そうは思わない、なぜって、まあ、聞けって、
もしも色恋からあんたを遠ざけるっていうんなら、
なにがって、問題の女たちのペテンがさ、
そいつぁ、そうよ、見当ちがいの心配ってもんだぜ、
なんせ、この女たち、その道の玄人衆よ

五七二

五七六

五九

なるほど、あいつらの色恋はカネ次第よ、
だからって、男の方だって、一刻の楽しみさ、
ご一同さま、お相手に、手早くすませて、
男の財布が泣いて、女ども、笑うのさ、　五八〇
あいつら、みんな、男を追っかけまわす、
だからさ、身持ち正しい良家の子女だ、
あいつらじゃないって、神さま、お助け！
まっとうな男の相手は、あいつらじゃない　五八四

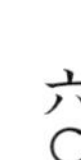
六〇

こんなふうにおれを非難するのがいるとしよう、
ところがだ、そんな非難はおれにはお呼びじゃない、
じっさい、やつはキッパリ、判決を下したってことだ、
やつの判決は、なんとねえ、おれの耳にはこう聞こえる、　五八八
人の人を愛するは、上流の人士の間（かん）に限るとねえ、
さてさて、知りたいものだ、いったい、この娘（こ）たち、
日がな一日、おれとおしゃべりしているこの娘たちは、
むかし、はたして良家の子女ではなかったかどうか　五九二

六一

実正、この娘たちは良家の子女だった、

後ろ指をさされる筋合いはまったくなかった、
嘘じゃあない、それはたしかに事のはじまりは、
この女たちのそれぞれが、まだまだ初(うぶ)なころ、　五九六
身をもちくずす前のこと、男をつかまえた、
あの娘は僧侶を雇人(こにん)を、この娘は修道士をねえ、(1)
それというのも、恋の炎を消そうがため、
サンタンテーヌの火(2)よりも熱い火をねえ　六〇〇

(1) 教区教会の僧侶と修道院の修道士、俗人身分のまま教会や修道院の共住生活集団にくわわり、さまざまな業務につく男たち、「雇人」という教会人の三つのカテゴリーをいっている。続く八行詩が「だから教会法に従ってということで」とはじまるのは、こうしたわけからである。

(2)「形見」三三節をご参照。

だから教会法に従ってということで、この娘たち、
恋人をつかまえた、これははっきりしている、
娘たち、それぞれがそれぞれに内緒で男を愛した、
なにしろ、ほかの娘は、そこに割って入らなかった、　六〇四
ところが、その恋もやがてはわかれる、はじめ
一人の男しか愛さなかった娘も、やがては、
その男から遠ざかり、離れて、だれでもかまわない、
だれでもいい、ともかく男を愛したがるようになる　六〇八

六三

なにが娘たちを衝き動かしたか、思うに、
女たちの名誉を汚すつもりはないが、
これはついに女の性である、男ならだれでも、
のこらず、ひとしなみに愛したいという、
さて、どういったらよいか、よそではどういってるか、　六一二
知らないが、ランスやトゥルエではこういっている、
リールやサントメールでもそういっている、(1)
三人より六人の方が、たくさん仕事をする　六一六

(1)「トゥルエ」は近代語では「トロワ」だが、いずれにしても「三人」の三と脚韻を踏んでいる。中世語でともに「トゥルエ」である。また「トゥルエ」は「トロイ戦争」の「トロイ」をもいう。どうも詩人はシャンパーン(ランスやトゥルエ)とフランドル(リールやサントメール)を対決させて何事かを言おうとしているらしい。歴史的背景にフランス王家とブルグーン家の対立がある。「遺言」五節

をご参照。

六四

こうして間抜けな男たちは、恋の球技に、
球を返せず、女たちは男たちを手玉にとる、
これは、まあ、男たちが受ける当然の報い、
恋の誓いなんていったって、そんなの、あっさり　六二〇
破られる、甘い口づけ、熱烈抱擁がなんになる、
犬の、鳥の、武勲の、愛のといってなんになる、
球を返して、すぐ口に出る、これは真実だ、
快楽ひとつに、百千の苦悩　六二四

二重ねのバラッド(1)

だから、好きなだけ、愛欲に耽るがよい、
酒席宴席に入り浸るがいい、いずれは、
あんたは役立たずに成り果てよう、
ついにはあんたの頭もバカになる、
おろかな愛欲が人を野獣にする、　六二八
ソロモンは偶像礼拝に走り(2)、
サムソンはメガネをなくした、
なにしろ関係ないお方はしあわせもんだ　六三二

甘い調べの楽人オルフェ、
横笛を吹き、手風琴を鳴らす、
死の危険にさらされた、冥府の番犬、
四つ頭のセルベルに立ち向かって、
優にやさしいナルシスは、
おのが姿に見惚れて、深い泉に溺れた、
なんと、女たちに惚れられたせいだ、
なにしろ関係ないお方はしあわせもんだ

六三六

勇敢な騎士サルダナ・ル・プルー、
クレタ王国を征服したこの男は、

六四〇

なんと女性になりたいと望んで、
娘たちにまじって、糸を紡いだ[3]、
ダヴィデ王、この賢者預言者も、　六四四
なんと、神を畏れる心を忘れた、
女がかたちのよい腿を洗うのを見て、
なにしろ関係ないお方はしあわせもんだ　六四八

アモンは肉のうずきを押さえかね、
菓子が食べたいふりをして、なんと、
妹タマールの花の蕾を散らそうとした、
破廉恥きわまる肉親の愛欲、
ヘロデ王は、これはほら話ではない、　六五二

サロメにせがまれて、ヨハネの首を斬った、
踊ったり、跳ねたり、歌ったりの余興に、
なにしろ関係ないお方はしあわせもんだ　　六五六

みじめなわたくしめにつきまして、お話したい、
おれは小川の布切れよろしく、ぶたれた、
はだかでだ、おれは隠そうとは思わない、
スグリの実をおれに噛ませたのは、
だれあろう、カトリーン・ドゥ・ヴォーセール(4)、　　六六〇
ノエも三人目で、そこにいたもんだから、
忘れんじゃないよ、覚えときなと、どやされた、
なにしろ関係ないお方はしあわせもんだ　　六六四

しかしだね、いい若者の乗り手がだよ、
女の乗り手の若いのに、チョッカイ出さないってか？
否とよ、よしんば生きたまんま火に炙られようが、
おおよ、箒乗りの魔女さまさながらにねえ、　　　　六六八
それはねえ、麝香はなんとも男の鼻に甘く香る、
だからって、猫を信用するのは阿呆ってもんだ、
ブランシュのだろうが、ブルネットのだろうが、(5)
なにしろ関係ないお方はしあわせもんだ　　　　六七二

(1) 以下六連の八行詩は前半三連と後半三連、それぞれ反歌四行詩を欠いているし、また前半と後半通して、各連最終行のルフラン（繰り返しの詩行）が同じというのも変則的で、だからこれは「二重ねの

バラッド」と呼んだらどうかとクレマン・マロが提案した。

（２）「遺言」八節の「ソロモンの名誉と栄光」という発言が皮肉たっぷりだということをこの一行が示している。

（３）第三連の初行はサルダナ・ル・プルー・ツェヴァレーと書いていて、直訳すれば「サルダナ、勇敢な騎士」。サルダナはギリシア人やローマ人のあいだでサルダナパロスと呼ばれた伝説のアッシリア王。勇敢なとか、クレタ島を征服したとかという評判は、キケロをはじめ、名だたる古代ローマの文人のあいだには見られないようだ。サンブネのはどんな本を読んだのか、おもしろい。マルクス・ユニアヌス・ユスティヌスが「アッシリア人はその後シリア人と呼ばれるようになり、一三〇〇年間、帝国を維持した。最後の王はサルダナパルスといって、オミナエシの王だった」と書いている。ユスティヌスは二世紀ないし三世紀のローマの文人で、わたしは英語訳の文章しか見ていないが、なにしろサルダナパルスはイファミネイトな王だったと書いている。イファミネイトはフランス語のファム、女性が語源で、女っぽいという意味です。一方、いまわたしは『閑吟集』注釈の仕事を続けているが、この歌集にとても印象深くオミナエシが咲いている。というよりも、舞っている。オミナエシはオミナを圧すほどというのが語源ではないかといわれていて、そうだろうなあとわたしも思っているわけでして、そこでサルダナパルスを、ユスティヌスの驥尾に付してオミナエシの王と呼ばせてもらった次第。

なお、近々刊行予定の『室町歌集　閑吟集注釈』をご覧ください。わたしは、こちらは目下連載中の『レンブラント』を、いずれは完成させて刊行したいと願っている。そのエセーでもオミナエシが舞っています。ニューヨークのメトロポリタン美術館の「花のサスキア」です。ぜひご覧に入れたい。

（4）詩人ヴィオーム・ヴィオンが住んでいたサンブネ教会の境内の近くにバラの図案の看板を掲げた家があって、ヴォーセールさんの家だったという。「遺言」九〇節をご参照。

（5）猫の毛の色をいっているのではない。どうやら衣料のファッションの話題らしい。白地のブラウスとか、褐色のシュミーズとか。

六五

もしも、もしもだよ、むかしおれの仕えた女が、
おれの心を捧げ、おれの誠をつくしたあの女が、
なのに女からもらったのは、たんと苦悩だけ、

さんざ、おれを苦しめた、その女が、もしも、
事のはじめに、口に出していてくれたなら、
いやね、それはなかったんだが、本当の気持ちをねえ、
おれはなんとしてでも、努力したことだったろうよ、
女の仕掛けた罠から、なんとか抜け出そうとねえ

六七六

六八〇

六六

おれがいおうとすることは、なんでも、
いつでもちゃんと聞こうとしてくれた、
賛成するでもなく、反対するでもなく、
それどころか、脇に寄らさせてもくれた、
女に寄り添って、耳元でささやいて、

六八四

そんなふうで、おれを喜ばせてくれた、
なんでも話していいよって許してくれた、
ところが、それが騙しの手口だったんだ　六八八

六七

おれを騙して、いつもおれをいいくるめた、
それはそれじゃあなくって、あれだった、
小麦粉は、それじゃあなくって灰だった、
山高帽は、ただのフェルトの帽子だった、
古鉄屑、それはそれじゃあなくって、錫だった、　六九二
ピンぞろは、ピンぞろじゃあなく、三のぞろ目、
嘘つきは、いつもいつも人を騙して、

提灯だといって、膀胱を売る、豚のだ(1)

六九六

(1)「提灯」と訳した「ランターン」の形状について、『パリの住人の日記Ⅰ』の七五番の記事の注2に書いた。「提灯」と「膀胱」の対比については、「注釈」とか、論集『歴史を読む』(東洋書林、一九九八年)に寄稿した「ヴィヨン遺言詩注釈―『遺言の歌』一五一節から一七四節まで」などにくわしく書いたが、「ランターン」の形状について書いたのは『パリの住人の日記Ⅰ』の注記が初めてである。それが最終校正でも気付かず、「魚の鰾(うきぶくろ)」と書かなければならないところを、うっかり「膀胱」と書いてしまった。また、だいたいが「膀胱」や「鰾」でほんとうに「ランターン」を張ったのかどうか、これは実証的調査を経た上での発言ではない。どうも場違いのようではありますが、この場を借りて、弁解させていただきます。また、ランターンの形状について、『パリの住人の日記Ⅰ』の注記に、ランターンを絵に描いたのは『パリの中世絵画』Ⅰに見られると書いたが、Ⅱにも、それも二点、見ることができて、現在「ドゥルー・ビュデとジャンヌ・ペシャールのトリプティク」と呼ばれる三連画のうち左翼の「イエスが逮捕される」という画題の絵と、それを写した写本飾り絵の二点である。三連画左翼の絵には、ドゥルー・ブデとジャーン・ペスカー夫妻が寄進者として画面左下に描かれていて、中央にイエス。その左側にユダ。ユダはイエスに接吻している。

この人がイエスを逮捕しようと集まった者たちに送った、これがサインである。「ユダの接吻」のことは「ヨハネによる福音書」を除いて、どの福音書にも書かれている。それがイエスの右隣のいましも剣を抜きそうにしている人物がほかならぬシモン・ペテロであることは「ヨハネ」にしか書かれていない。おもしろいのは写本飾り絵の方で、剣を抜きかけている人物は頭に円光をかぶっていて、これが使徒ペテロであることを示している。「ユダの接吻」も描かれているので、この写本飾り絵は、この場面作りについては、「ヨハネ」と「マタイ、マルコ、ルカ三者」との合成であることが分かる。下辺に右耳を切り取られてうずくまる男が描かれている。男の右手は切り取られた右耳のあたりを押さえている。地面についた左手の上方に、切り取られた耳が転がっている。写本飾り絵の方には切り取られた耳の情報はない。同じ位置にイエスの足の指先が描かれている。三連画左翼の方の耳をイエスの足の指先と見るのは苦しい。三連画左翼を写した絵師に迷いがあったのではないか。男の左手と切り落とされた耳の右方にランターンが転がっている。写本飾り絵の方は灯が入ったままだが、三連画左翼の方は、おそらく五角柱の作りのランターンの扉があいて、火の消えたローソクが外に転がり出ている。ランターンの作りがよく分かっておもしろい。

六八

青空って、あれは青銅のフライパン、
まだらに雲が浮かんでる、仔牛の皮、
明け方って、いいや、いまは暮れ方、
キャベツの芯って、これはカブラ、　七〇〇
どぶろくビールは新酒のブドウ酒、
石投げ器って、ああ、あれは風車、
絞首台の綱って、それは糸巻きの糸、
でっぷり修道院長、ああ、あれはお供　七〇四

六九

こんなふうに恋愛神はおれを騙した、戸口に
閂かけて、とおせんぼして、おれを引っ張り回した、
男はだれもそんなにずる賢くはないって、それは、
灰吹壺の底の銀みたように純粋さ、それがだれが、
下着に服、身ぐるみはがされないでいられるかって、
このおれみたように、こんなふうに扱われるとしたら、
このおれ、いたるところで名乗りをあげる、
捨てられた恋人、こばまれた恋人、と

七〇八

七一二

七〇

おれは恋愛神をきっぱり否認する、

火の戦い、血の戦いをおれは挑む、
恋愛神め、おれを死の淵へ追いつめる、
おれをワンコインほどにも思っちゃいない、
おれはヴィエールをベンチの下に置く、[1]　七一六
もう恋人たちの後は追いかけない、
なるほど前はあいつらと隊伍を組んだ、
はっきりいおう、もうそういうことはない　七二〇

(1) 後代のヴィオラやヴァイオリンのもとになった擦弦楽器。活動を停止するという意味合いの言い回し。

七一

おれは恋の羽根飾りを風に投げ捨てた、

まだ未練のあるやつは、そいつを追いかけろ、
これからはもう、おれはなんにもいわない、
おれにはおれでやりたいことがある、[1] もしも、
だれかがおれを詰問し、試そうとするとする、　七二四
なんでおまえは恋愛神をそう悪くいうのか、と、
こう答えてやれば、そいつは満足だろうよ、
もうじき死ぬんだから、なにをいってもいいんだ　七二八

（1）「遺言」一七三節をご参照。

七二

おれの渇きが近づいてくるのがわかる、[1]

痰を吐く、もめんのように白いやつだ、
ボールのように大玉のジャクピンだ、
なにをいいたいのかって、[2]いやね、女の子がね、
もうおれを若いやつってみちゃあくれないってこと、　七三二
くたびれきった老いぼれだとね、そう見てる、
声だって物腰だって年寄りじみてる、そう見ている、
なんとまだけっこう年若の雄鶏だっていうのにねえ　七三六

(1)「ヨハネによる福音書」が伝える臨終のイエスの発言をもじっている。
(2) 前行にかけてこういっている。また、「いやね、女の子がね」と、発言をごまかそうとしている。前行は「おれはボール大のぐい飲みをもっている」とも読める。

七三

ありがたや、ありがたや？　タック・チボーめ、
冷水をおれにたふらく飲ませやがった、
低いところでだ、高いとこでじゃあないぞ、
にがナシを、やたらめったら食わせやがった、　七四〇
押し込められていた、おれの記憶にあるかぎり、
おれはあいつのために祈るぞ、イカウンヌン、
神よ、あいつにやっとくれ、いや、ホントホント、
おれがいうのは、ほら、あれをだよ、ナドナド　七四四

七四

とはいってもだ、おれは悪くは考えないよ、

あいつのことも、あいつの代理のこともさ、
あいつの裁判所の判事のことだってもよ、
これは陽気で楽しくって愉快な男さ、
ほかの連中にも含むところなんてないさ、　七四八
ただね、小役のメートゥル・ロベール、これは別、
あとはひとからげだね、まとめて面倒みちゃう、
神さまがロンバールのをそうするようにねえ(1)　七五二

(1)「遺言」冒頭の数連でサンブネの司祭はなにやらオルレアン司教チボーに対する怨みつらみを述べていたが、ここにいたって大転換、けっこうチボーを評価するような口振りだ。それはそうで、じつはチボーはオルレアン司教の選任に王家が横槍を入れてきたのに対抗した「教会の自由」の擁護者である。「ロンバールの」は十二世紀のパリ司教ペトルス・ロンバルドゥスとその著述を指している。オルレアンにパリが重ね書きされて、おれはおれたちサンブネ教会の、大権威パリ司教座教会ノートルダムに対する「教会の自由」を守る戦いにオルレアン司教チボー・ドーシニーの応援を求めている。な

お「形見」二八・二九節をご参照。

七五

おおよ、はっきり思い出すぞ、おお、神さま、
旅立ちにあたって、おれは作ったものだった、
形見分けをいくつかね、レというんだ、[1] 時は五〇と六年、
ところがだ、おれに断りもなしに、そいつをだ、　七五六
テスタマンって呼ぼうっていう手合いがあらわれた、[2]
遺言って意味で、そいつらの好みで、おれのじゃあない、
だのに、なんと、みんながみんな平気でいう、
だれしもが自分のものの主人ではないってねえ　七六〇

(1)「形見分けの歌」

（2）「形見分けの歌」は詩人本人は八節に「ス・プレザン・レ」この形見分けと書いているが、写本はタイトルに「ル・レ」と置いているのはアルスナール写本ひとつだけ。あとは「テスタマン」と呼んでいる。ペール・ルヴェ以降の初期印刷本も「ル・プチ・テスタマン」としている。「ス・プレザン・レ」の「プレザン」はややこしい。グレマなどを見ると「いまここにいる」とか「すぐの」といった意味取りがまず立つが、トブラー・ロンマッチがとてもおもしろい用例を引いてくれていて、一八四二年にリールで出版された十三世紀のリールに関係する法文集からだが、セ・プレザントゥを見た上で、と書いていて、これはセ・プレザントゥ・レトゥルの略記だという。「このプレザンの書状」ということで、まあ、日本語に写せば「本書状」でしょうねえ。これは法文語彙で、サンブネの司祭はその教養の性格をちらっと見せている。話をもどして、ス・プレザン・ヴェー、つまり本詩行、「遺言」七五節の三行目はサータン・レ・ラン・シンクァントゥ・シスと書いていて、サータンは近代語調でいけばセルタンだが、これもまたまたトブラー・ロンマッチが卓抜な読みを提示してくれていて、ドイツ語でゲヴィッスだが、これはラテン語のクィダムに同じと注をつけているので、手元のカッセルの羅英辞典を見たところ、これまた大当たり。クィダムは複数扱いで、英語のサム。キケロから用例を引いている。サータン・レは「数編のレ」ということになる。『遺言の歌』を書くサンブネのは『形見分けの歌』八節にいう「いまこのレ」のほかにも、あのと

きいくつかの「レ」を書いたと自白しているのだろうか。

七六

形見分けを取り消したくっていってるんじゃないぞ、
土地財産なくしちまう羽目になろうともだ、
哀れだなあって思う気持ちは冷えていない、
だれのことって、ラ・バールの私生児[1]のことよ、　七六四
あいつには、むかし、ワラ束三束やったが、
へたった代物だが、おれのゴザも遺そうか、
しっかり構えるんに役立つぞ、のっかってさ、
両手両足ふんばって、からだをがっちり構えてねえ　七六八

(1)「形見」二三節、「遺言」一〇八節をご参照。

七七

それがせっかくこうしておれが遺してやったのに、
形見を受け取りそこねるのが出るんだな、これが、
だから、おれはここに言い遺す、おれが死んだ後、
おれの相続人に、面と向かって請求しなさい、
相続人ってだれかって？　だから請求しなさい、
モローかプルーヴィンか、ルービン・トゥルジに、
おれがそういっていたとかれらにいいなさい、
なんせあいつら、おれの寝台までもっていった

七七二

七七六

七八

さてっと、もうほんの一言っきゃいうまいよ、
なんせ遺言をはじめたくって、気がせくんだ、
おれの書記フレミン(1)を前にして、もっとも、　七八〇
こいつが寝とぼけていなければのはなしだが、
申し立てたい、現在この遺言書におきましては、
どなたさまのことも、けっして悪口もうしません、
遺言書を本にするのも望みません、もっとも、
フランス王国で出版しようというのなら話は別(2)　七八四

(1)「遺言」五七節をご参照。
(2) ピーター・デイルはここのところ「だがおれは世間に騒音をまきちらすのは選ばんよ。ただしだ、フランスで一瞬のスリルってえのはわるくないねえ」と訳している。「ヴィヨン遺言詩」が世相風刺、

政治批判の太骨を備えていることを見抜いたジョンブルに敬意を表
します。

七九

感じるぞ、どうも心臓が弱ってきたようだ、
いやいや、もう息をするのも骨が折れる、
フレミンよ、もそっと寄れ、ベッドの脇へ来い、
スパイされんように気を付けろってこと、　七八八
インクとペンと紙をもってこい、早くしろ、
いいか、おれのいうことをさっさと書け、
そいつを方々で浄書させろ、コピーじゃないよ、
さてっと、書き出しはこんなふうかな　七九二

八〇

永遠の父なる神の名において、
また、処女の生みたもうた子、
父なる神とともに永遠の主の、
また、一体の聖霊の名において、
主はアダムが滅ぼしたものを救い、
救われたもので天を飾る…
なんてこと信じるなんて、ダメなやつだ、
なんだい、人が死んで、小神(こがみ)にされるだと

七九六

八〇〇

八一

肉体だって魂だって、死んでしまえば、
地獄の劫罰を免れることはできない、
肉体は腐り、魂は火に焼かれる、
おおよ、どんな身分のものだってだ、
もっともね、例外ってことはある、
族長たちと預言者たち、これは別、
なぜってねえ、まあ、おれの理解では、
やつらの尻には火がついていなかった

八〇四

八〇八

八二

ご質問かね、だれがいったい、おまえに、

八一二

こんな大胆な口のききようをさせているのか、
神学の教師でもあるまいに、いいかげんな、
推定で、モノいってるだけだろうよ、とねえ、
イエスのなさったたとえ話なんだよ、これは、

八一六

死んじまった金持ちの話で、それが火のなかだ、
やわらかいベッドのなかなんかじゃあなくってね、
そうして癩者ラザロが上の方にいる

八三

見たら、ラザロの指が燃えていたっていうんなら、
熱い、冷やしてくれと要求したりはしなかった、
お願いだ、指先にしがみつかせてくれ、焼け付く

喉をしずめたいと、頼み込んだりはしなかった、
なんとねえ、酒飲みは地獄では浮かぬ顔、
胴着も肌着も飲んじまおうっていうのにねえ、
それがなんとも地獄の酒は高すぎる、
神さま、地獄だけはご勘弁、冗談ぬき！

八二〇

八二四

八四

前にそういったように、神の名において、
また、栄光の無原罪の御母の名において、
どうぞ遺言状を書き終えさせていただきたい、
キマイラよりも痩せたこのおれの手で、
それまで一日熱にかからなかったとしたら、[1]

八二八

神の仁慈（じんじ）の御賜物（おんたまもの）ということで、それは、
ほかにもいろいろと心配な病気があるが、
もうおれはいわない、そこで遺言をはじめよう　八三二

(1) ホメロスの『イーリアス』に登場する「キマイラ」は燃え盛る炎を口から噴き出している。「一日熱」は「一日だけ、夕方に出る熱」をいう。前節からのわたりがこのあたりにある。「キマイラ」が痩せているという証言はない。サンブネの司祭はよほど痩せていたのか。

八五

始めに、我が哀れなる魂を、
栄光の三位一体（さんみいったい）に遺し奉る、
聖母に御預（おんあず）け奉る、

神性の御室(みむろ)たる聖母よ、　　八三六
此処(ここ)に全き慈愛を乞い求めんは、
天界の尊厳の天使九軍団の、
我が奉納物を運ばんことを、
貴(たつと)き高御座(たかみくら)の御前(おんまえ)へ　　八四〇

八六

ひとーつ、おれはわが肉体を、
われらが祖母なる大地に遺す、
虫どもめ、脂にはありつけんて、
なんせ飢えと壮絶に戦った肉体だ、　　八四四
まあ、大急ぎ、大地に返してやろう、

ついに、大地から来て、大地に帰る、
帰らんのはない、迷わんならばだが、
悉皆(しっかい)、すすんで、もとの処へもどる

八四八

八七

ひとーつ、おれにとって父以上の人、
メートゥル・グィオーム・ドゥ・ヴィオン(1)に、
母親よりもおれにやさしくしてくれた、
襁褓(むつき)のころからおれを育ててくれた、
なんどもおれを難儀から救ってくれた、
楽しんでやってくれたわけではない、
だからおれはひざまずいてお願いする、

八五二

どうぞ、楽しくやらせておいてください[2]

八五六

（1）「形見」九節をご参照。

（2）この八行詩の後半四行は、なにか読みに納得がいかない。そんなふうにお感じの向きがおありかもしれない。わたし自身、何度も違和感を覚えて、その都度、原文にあたってたしかめた記憶がある。これでほぼ直訳です。「メートゥル・グィオーム・ドゥ・ヴィオン」は、すなわち作者で、また「フランスェ・ヴィオン」を演技しているわけだから、心理状態の表現も入り組んでくるわけだ。「注釈」に、わたしはこの四行についてはほとんどふれていない。「襁褓のころからおれを育ててくれた」いきさつにこだわり、なにか不意に次節の話題に移っている。この四行は逃げたのかな。だからここに書いておきたいのだが、「遺言の歌」をどう読むかを考えるとき、じつはこの四行の読みは多大の示唆を与える。じつはこの四行の読みについてこそ、「注釈」は大いに述べなければならなかったのだ。そのことをかれ自身は楽しまなかった、だからおれはひざまずいてお願いする、その楽しみは全部わたしに残しておいてください。

八八

おれはこのお方にわが蔵書を遺す、
悪魔の屁物語ってのも入っている、
これはメートゥル・グィ・タバリが
書写した、いや、実直な男だよ、　　　　八六〇
紙束のまんま、机の抽斗にしまってある、
なんともひどい仕上がりだといったって、
なんせ事件が、ほれ、チョウ有名だから、(1)
デキが悪いのも、材料が補ってくれる　　　　八六四

(1) サンブネの司祭グィオーム・ヴィオンの家に寄宿していた若者フランスエが、パリ大学のナヴァール学寮に盗みに入り、大金をせしめて逐電した。ところが仲間のグィ・タバリがつかまって、底が割れた。「形見」六節の注釈に「グィ・タバリの尋問調書」なるものをあらましご紹介しておいたが、これはそれなのではないか？　それが、

八九

ひとーつ、かわいそうな、おれの母親に遺す、
われらが女主人に捧げたてまつる祈祷文だ、
母はおれのことで、むごい苦しみをあじわい、
神はご存じだ、たくさんの悲しみを知った、

八六八

なんとおどろくべきことに、この事件は「ヴィヨン遺言詩集」に書かれているわけではない。裏を探って、オーギュスト・ロンニョン以後、歴代の「フランソワ・ヴィヨン研究者」が営々と作り上げてきた筋書の一端である。だから、まあ、なんとも説明のしようがない。じつはグィオーム・ヴィオンが仕掛けた罠にはまったということなのではないか。一方では、それが、「悪魔の屁」なる物は実在し、「形見」六節や「遺言」一四四節の注釈をご覧ください、その物をめぐってパリ大学の学生たちと代官所の役人衆が一戦まじえたという。その話を書いたものだったのではないか？

なんと、あなたのほかに城はない、砦はない、
おのれが肉体と魂の、いざ逃れ隠れようにも、
ひとたび不幸が、この身を襲うとき、母よ、
かわいそうな母よ、ほかに城はない、砦はない

八七二

聖母祈祷のバラッド(1)

御方さま天の女王さま、地をしろしめす摂政母后さま、
地獄の川と地獄の、沼地をおおさめになる女帝さま、
お受け入れくださいませ、あなたさまの信女でございます、
お選びなされた方々の、うちにどうぞこのわたくしめも、
おくわえください、とてもそれだけのものではございませんが、

八七六

あなたさまのお持ちの、ものは女王さまわたくしめのご主人さま、
とてもとてもたくさんの、ものでそれがわたくしめは卑小の罪人(つみびと)、
それがあなたさまのお持ちの、ものがなければ魂は救われませぬ、　八八〇
天国に召されることは、叶いませせぬどうして嘘偽り申しましょう、
この信心にわたくしは生き、そうして死にとうございます

御子にお伝えくださいませ、御方さまのわたくしめは信女でございます、
御方さまにおすがりして、わたくしめの罪障は消えましょう、　八八四
エジプト女(2)をお宥し、なされましたわたくしめにもどうぞお宥しを、
御方さまはお坊さまの、テオフィール(3)をお宥しになられました、
あなたさまのおとりなしで、この方咎めを解かれお宥しを受けました、
なんとまあこの方悪魔に、仕えると約束なさったと申しますのに、　八八八
そのようなおそろしいこと、どうしていたしましょうお守りくださいませ、
聖童貞女さまあなたさまは、おからだをお裂きになられることなく、

おミサに祭りわたくしどもの、いただくご聖体をお孕みになられました、
この信心にわたくしは生き、そうして死にとうございます　八九二

わたくしまずしい女でございます、わたくし年老いた女でございます、
なにもわたくし存じませぬ、わたくし文字ひとつ読めませぬ、
お御堂(みどう)で絵を見ます、わたくしおまいりのたびごとに絵を見ます、
天国がえがかれております、竪琴が見えます琵琶が見えます、　八九六
こちら地獄の絵には、地獄に堕ちた人たちが煮られております、
これはわたくしをこわがらせ、あれは喜ばせます楽しませます、
喜びをわたくしにお与え、くださいませ見上げれば女神さま、
罪人はみなあなたさまに、おすがり申し上げねばなりませぬ、　九〇〇
罪人はみな信心にあつく、いつわることなくおこたることなく、
この信心にわたくしは生き、そうして死にとうございます

あなたさまは貴い、聖処女さま女のなかの女第一の女、
永遠にこの世をしろしめす、イエスさまをご懐胎になられました、　九〇四
全能の神さまはわたくしどもも、人間の弱々しいからだをおとりになって、
天をあとにされ、わたくしどもを救いにお出でになられ、
かがやきあふれる、その若さを死に捧げられました、
それがわたくしどもの主、そうわたくしは信じておりまする、　九〇八
この信心にわたくしは生き、そうして死にとうございます

（1）この詩は原詩は一行一〇音節で書かれている。これをデカシラブというが、デカシラブの古風は、はじめ四音上がって、そこで息を継いで、六音下がる。そういう調子で訳をつけてみようと思ったが、あまりうまいぐあいにはいかない。とりわけ、ルフラン、繰り返しの詩行が問題で、「アン・セット・フェ・ジュ・ヴー・ヴィーレ・ムーリー」「ヴィーレ」は「ヴィール・エ」の連音です。「ヴィール」は近代語調で「ヴィーヴル」そこで音節ごとに区分してみましょうか。「アン・セッ・ト・フェ・ジュ・ヴー・ヴィー・レ・ムー・リー」で、四音上がって、六音下がる。これはいい調子だ。

そこで翻訳の方もこれにあわせて、と思ったが、どうもうまくいかない。「注釈」の方では「この信心にわたくしは生き、そうして死にとうございます」と訳したが、これだと五音五音の関係、いわゆるエミスティシュ（ヘミスティシュのなまり。ギリシア語のヘミ、半分から。半句折り返し）だと誤解されかねない。それはそうだけれども、なにしろ音の響きが美しく仕上がった。やはり、ここでも、その訳文をそのまま使った。どうぞ、全体、声に出してお読みください。ルフランは、「この信心にわたくしは」のところで息を継いで、「生きそうして死にとうございます」とお読みいただきましょう。

（2）前身はアレクサンドリアの娼婦でキリスト教に入信し奉仕と献身の後半生を送った「エジプト女マリー」の信心は、パリではモンマルトル門近くのその名を冠した礼拝堂を拠点に盛んだった。ルーヴルの東門の向かいのサンジェルマン・ローセロワ教会堂に聖女の彫像が残っている。

（3）パリのノートルダムの北の大バラ窓の下の戸口の扉上部の半円形壁面にこの聖母の奇蹟説話が刻まれている。各地のゴシック様式のノートルダム聖堂でこの説話を壁面浮き彫りやステンドグラスの絵柄に採用していないのはめずらしい。

九〇

ひとーつ、おれの恋人、いとしのバラに、
心臓も肝臓もおれはあれに遺さんよ、(1)
あれはもっとほかのモン、欲しがるって、
オカネはたんまり持ってるさ、それでもね、　九一三
なにをって、絹地の大きな財布をね、
エクで膨れて、奥が深くってでっかいの、
おれじゃないよ、ま、吊されちまえって、
エクだタルジュ(2)だって遺そうってやつは　九一七

(1 「肝臓」は「フェ」と書いていて音の響きが「信仰」「信頼」を意味する「フェ」に通じる。「心臓」は「クー」で、「心」をもいう。「形見」一〇節で「匱匣」に入れて、「おれ」を狩の獲物に見立てたあ

の女に遺している。それを、ここにいたって「おれ」は変節した。
そんな、オカネを欲しがる「あれ」なんかに、「フェ」も「クー」
も遺せるもんかね。

(2)「遺言」一二六節をご参照。

九一

なんせたんまり持ってる、おれなんかバツ、
ま、いいってこと、おれに関係ないことだ、
おれのチヨウチヨウはとんでいっちゃった、
おれのケツはもう熱かないって、その件は、
ミシヨーのアトガマにまかせよう、なんせ
女たらしって呼ばれたほどの男だった、
祈ってやっておくれ、飛んでいってやっておくれ、

九二

九二五

サンセールの下(しも)のサンサトゥールに眠っている(1)

(1)「チョウチョウ」は、直訳すれば「おれの大いなる喪の悲しみ」だが、こう訳したのはわたしの奔放なファンタジーから(「形見」三八節をご参照)。それが「サンセールの下のサンサトゥール」の解題にいたって、リンネの分類学問につかまった。わたしがいう「チョウチョウ」はレピトプテラ目サティリダエ科に入る。なんと「サテュロス」のなかまである。「サンサトゥール村」の名前は「サテュロス聖人」に由来する。

九二

ま、いろいろいうが、あれにいうんじゃない、
あれにいうんじゃないが、おれは恋愛神に
文句があって、なぜっておれはあの女から、
ついに一閃の希望をさえもらえなかった、

九二九

おれは知らんが、あの女、だれに対しても
こうだったのか、知らんが、おれは大苦痛だ、
だからってねえ、麗しのマリアさまかけて！
笑うしかないんだよ、おれには、ここは！　　九三三

九三

おれはあの女にバラッドを遺す、
各行そろってきれいにさで終わる、
だれがもってくかって？　そうだな、
そいつはラ・バールのペルネ[1]だろうな、
なぜって、まあ、やつなら町歩きの途中、　　九三七
鼻の曲がったお嬢に出くわしたらば、

前置きなんか抜きで、いうだろうよ、
おんや、これはワラ姫さ[2]、お出かけで

九四一

（1）「形見」二三節、「遺言」一〇八節をご参照。
（2）「パラールドゥ」と書いていて、これは藁（わら）を意味する「パール」からで、「形見」二三節に「ワラ束の三束も遺そうか」とふざけているのを受けている。なお、「さ」は、小学館の『古語大辞典』は「様（さま、さん）の転で、軽い敬意を表す」として、浅井了意の『東海道名所記』（万治二年、一六五九）から用例を引いている。「いかになよ旅の殿さ、おくたばりであるべいに」

各行そろってきれいにさで終わるバラッド

なんとまあ高くついたまやかしの美しさ、

みかけはともかく粗野で偽善のやさしさ、
鉄を咬むほどにもまして愛のかたくなさ、
あんたはそんなでおれの破滅はたしかさ、　九四五
反逆の魅力にひかれて心臓も止まるわさ、
女は傲岸さを隠して男を死に追いやるさ、
情を知らぬ目おお女は望まない正義がさ、
追い討ちかけずに哀れな男を救おうとさ　九四九

助けてくれってよそにすがったほうがさ、
よかったてんならそいつぁおれの名誉さ、
それがどうしてんはなれられなくってさ、
逃げだしの名誉をなくすのってしまつさ、　九五三
助けてくれ助けてだれだっていいからさ、
いやねやいばに血塗らず死んじまうんさ、

憐憫の出方ひとつだねえこれを聞いてさ、
追い討ちかけずに哀れな男を救おうとさ

九五七

花を枯らせるときがくるあんたの花をさ、
黄ばませ萎ます時がくる笑ってやろうさ、
いやあねアゴがガクガクできるんならさ、
いいやだからさそれもねえおろかな話さ、

九六一

おれは老いるさあんたも色香があせるさ、
だから飲むがいいさ川が流れるうちにさ、
なげきをひとに遺すなって歌うがいいさ、
追い討ちかけずに哀れな男を救おうとさ

九六五

恋の大殿恋人連の大将どんさあそりゃさ、
あんたの不興は買いたかあないだけどさ、

心臓ひらいてご主君さましなくちゃあさ、
追い討ちかけずに哀れな男を救おうとさ

九六九

九四

ひとーつ、メートゥル・イテ・マーシャン、
おれはむかしやつにおれの剣を贈ったが、①
今度は歌を遺す、ただし作曲は勝手にねえ、
十行詩じゃあない、なんと、これはレだ、②
ワレ深淵ヨリのリュート曲も付けてあげよう、
こいつはあいつのむかしの女たちにだが、
そいつらの名前は、おれはよういわない、
バラせば、いつまでもあいつに恨まれる

九七三

九七七

（1）「形見」一一節をご参照。
（2）「遺言」七五節でいっている「レ」ではない。マリー・ドゥ・フランスの「レ」の方をいっているつもりらしいが、これは「四行詩のロンドー」と呼ばれる詩形式で、ごらんのように、括弧のなかをはずせば十行詩のようにも見える。

詩人がかってにレと呼んでいる四行詩のロンドー

死よ、おれはおまえを訴える、冷酷に過ぎる、
おまえの無情が、わが思わせ人を奪った、
それなのにおまえは、まだ満足しないのか、
こうしておれを悲嘆のうちにとどめながら

九八一

それからというもの、おれは生きる力を失った、
いったい生前、かの女はおまえに悪さをしたか、
死よ、「おれはおまえを訴える、冷酷に過ぎる、
おまえの無情が、わが思わせ人を奪った」

九八四

おれたちふたり、心はいつもひとつだった、
心が死ねば、おれも死ぬ、そういうことだ、
そうだとも、そうでなければ、生なき生を
生きることになる、絵のように、みせかけだけの

九八八

死よ、「おれはおまえを訴える、冷酷に過ぎる、
おまえの無情が、わが思わせ人を奪った、
それなのにおまえは、まだ満足しないのか、
こうしておれを悲嘆のうちにとどめながら」

九五

ひとーつ、角の旦那のジャン・コルヌ(1)に、
形見の品を、もうひとつ、おれは遺したい、
あいつぁ、いつでんおれを助けてくれた、
おてあげだ、ばんじ休したってときにね、　　九九三
そこでだ、やつに庭をゆずろう、なにね、
こいつはメートゥル・ペール・ブービノンから
借りたんだ、庭の入口の戸を直す、三角小間が
いたんでるから、そこも直すってことでねえ　　九九七

(1)「形見」一一節をご参照。

九六

戸がこわれてるモンだから、盗られちまった、
グレが一個と鍬の柄が一本、グレって鋪石だよ、
あんときゃあ、タカ八羽十羽よったたって、ヒバリ一羽、　一〇〇一
とらまえられんかったろうよ、なんせ暗かった、
家はだいじょぶさ、ちゃんとカギかけてりゃあね、
看板にカギボウかけといた、もってっちまった
やつがいたとしたら、おれはおもしろくないいな、
とてものことに、血い見るぞ、眠れん夜になるぞ!　一〇〇五

九七

ひと一つ、なにしろあいつの女房め、いえね、
おれがいうのはメートゥル・ペール・サンタマンのさ、
どんなにか、このもの魂に罪業持つ身であろうとも、
御神の御寛恕あらんことを、と、まあ、いっとくが、　一〇〇九
なんと、この女、おれをこじきと同列に扱いやがった、
だからさ、前にはあいつに白馬をやったが、白馬ねえ、
インポのだ、なにね、やつは女だってこと、牝馬だ、
前には牝ラバもやったが、こいつは赤ロバと取り替えだ(1)　一〇一三

(1)「形見」十二節をご参照。

九八

ひとーつ、ドゥニ・エスリンどのに遺す、
インスリンだったかな、パリの御用金役人だ、
オーニスの酒が一四樽だ、中くらいの樽だが、
トゥルジの店からとったんだ、おれがかぶる、　一〇一七
ドゥニのやつ、分別なしだとそしりをかぶる
ほどに酒をガブ飲みしちまうっていうんなら、
樽んなかに水入れるといいよ、まったくねえ、
酒はずいぶんと立派な家もダメにする(1)　一〇二一

(1)「おれがかぶる」「そしりをかぶる」の「かぶる」は同じ「プリ」という「危険」とか「損害」を意味する名詞を使っている。それを動詞にもどして訳した。

九九

ひと一つ、おれの弁護人に遺す、いえね、
メートゥル・グィオーム・カルオにねえ、[1]
マーシャンなら持ってるはずのモンで、
モン・ブランだ、鞘のことはノーコメント、　　一〇二五
おれの剣ってこと、レオも一枚あげよう、
両替しなよ、財布が膨らむようにねえ、
グレの舗道で拾ったんだ、どこだどこだ、
なんだよ、教えるよ、タンプル農地だよ[2]　　一〇二九

(1) カルオは「注釈」ではシャルオと書いた。charruau の読みの従来のフォノグラフィーに抵抗しきれなかったからである。しかし、あらためてトブラー - ロンマッチに、よく似ているオルトグラフィー

のcharrue「犂（すき）」を見るに、「犂」の意味で使っている用例が一三例、意味の拡張で牛馬に曳かれる「車」の意味でのが二例あるが、どう見ても力ないしケとしか読めない用例が過半数を占めている。印象的なのはリール市立図書館の資料を使った「十五世紀のロマン語ラテン語用語集」から引かれた三例で、carue(e)、querue(e)、carueと見える。この用語集は一八六五年にアントウェルペンで出版された「ベルギー考古学会報」に掲載されたものです。素性ははっきりしている。同じ頃、北フランスではcharrueをquerueなどと書き、そう発音していた。固有名詞といいながら、サンブネのがcharruauと書くとき、どんなフォノグラフィーをそれに託したか。それがついの問題で、なぜって、シャルオなどというフォノグラフィーは、これはじつは近代のものでしかないのです。なお、次行の「マーシャン」についても同様のことが言えそうだが、これはmarchantと書いて商人を意味するmarcheantの異型と見ることができる。トブラー‐ロンマッチのその項目を見ると、およそ五〇ほどの用例が引かれているなかで、これを明快に「マーカン」と発音できるふうに書いている用例はわずか二例しかない。だからこのケースでは材料不足でフォノグラフィーを推定することができない。この人名の初出の九四節で示したように、従来の読みの「マルシャン」を「マーシャン」とわずかに修正するにとどめたい。

（2）レオは王の肖像入りの金貨。グレはつかんで手のひらに入るほどの

四角い切石。透き間を空けて地面に埋め込んでいく。タンプル農地はタンプル門近くの畑地。農道がグレの舗装になっていたか。

一〇三三

一〇〇

ひとーつ、おれの代訴人のフールネーは、
とんと、あいつの仕事は賦役だねえ、たいへんだ、
なあんも遠慮するこたあない、どうせ人んだ、
おれの財布から四つかみ、もっていくように、
なんせ山ほどの訴訟でねえ、おれを助けてくれた、
みんなまっとうなもんだよ、いやホント、イエスさま、
なにしろ訴訟がそんなで、たいへんなんだが、
正しい立場にはよい助けっていうじゃんか

一〇三七

一〇一

ひとーつ、おれはメートゥル・ジャックに、あ、
ラグエだ、グレーヴ広場のグランゴデ[1]を遺す、
ただし、見返りに、プラク玉四つ[2]、はらうこと、
おもしろくないけど、売らなきゃならんだと、
フクラハギとかスネとか、カバーするもんをか、
スリッパつっかけて、スネむきだしでいけよ、
おれヌキで飲もうてんならね、坐ったり立ったり、
ポンム・ドゥ・ピンことマツボックリ亭の穴蔵で

一〇四一

一〇四五

(1) グレーヴは市役所前広場の通称で、グランゴデは大椀を意味する飲み屋の名前。ジャック・ラグエがそこの常連だったかのように書いている。

(2)ブルグーン家がネーデルラントで発行した銀貨の呼称。フランドル、ブラバント、ホラント、エノーに流通せしめたということで「フィールレンダー(四領国)」とも呼ばれた。「四つ」はそれと関係がありそうだ。前節の「四つかみ」もか。

一〇二

ひとーつ、メルブフについてだが、それに
ニクラ・ドゥ・ルーヴェについてだが、
牝牛はあいつらには遺さない、雄牛もだ、
なぜって牝牛飼いでも雄牛飼いでもないからだ、
なんと鷹狩をなさる方々だ、あの方々は、[1]
ふざけているとおうけとりにならんように、
シャコとか、ムナグロとかをおとりになる、

一〇四九

それもお上手にねえ、マシュクーの店で

一〇五三

（1）このメルブフとルーヴェは、町の大手の毛織物商人で、村の農民に貸し付けたかねの質に飼育牛をとって、農民とのあいだに牛の飼育契約をむすんで、そこでもあくどく稼いでいた。ルーヴェについては、セーンを遡行してイーオン（近代語ではヨンヌ）が入ってくる、その合流点からすこしイーオンに入ったところのカンヌ、いまはカンヌ・エクリューズに領地を取得して「ノー・ロンメ・シール（ノーブル・オム・エ・シール）」と呼ばれたという記録があるという。どうも年次もよくわからない資料だが、シールはセヌーの言い換えで領主。ノー・ロンムも、領主をいっている。「形見」一七節をご参照。鷹狩は領主のスポーツとみなされていた。

一〇三

ひとーつ、ロベール・トゥルジめ、おれんとこへ
これたらねえ、酒の代金、払ってやろうじゃん、

なんとも、しかし、おれのねぐらをさがせたらねえ、
そいつは占い師ハダシってことになろうよ、　　一〇五七
助役になれる権利をヤツに遺す、いやねえ、
おれの権利よ、パリっ子としてねえ、(1)トーゼン、
ほんのちっとプェトゥーなまりがあるったって、
そいつあご婦人おふたりがおれに教えこんだのよ　　一〇六一

(1)「パリっ子」は三本ある写本と板本のルヴェ本のうち、コワラン写本とアルスナール写本は「アンファン・ドゥ・パリ」、フォーシェ写本とルヴェ本は「アンファン・ネ・ドゥ・パリ」と両者対抗していて、後者は「パリで生まれたこども」となにか律儀な物言いだ。「パリっ子」が、ちょうど「江戸っ子」のような決まったたいいまわしとは認めないぞという意見もあったのか。

一〇四

おふたりはとってもおきれいで、おしとやかだ、
サンジュヌルー村に住んでいる、どこだって、
サンジュリアン・ドゥ・ヴーヴァントのそばだ、
ほら、ブルターンとプェトゥーの境のさ、
でもよ、おい、はっきりはいわん、女衆、どこで、
まいんち、物思いにふけっていなさっとか、
おおよ、おい、そげんアホやない、そうよ、
なんせ、おい、色恋は内緒にしたかとよ

一〇六五

一〇六九

一〇五

ひとーつ、おれはジャン・ラグエに遺す、

代官所の警吏だ、なんと十二人組衆だ、
とにもかくにも、おれはあいつに命令する、
毎日、タルムーズ(1)を一個、口おっつけて、　一〇七三
かぶりついて、ガツガツ食べなさい、
バーリんちの食卓からとってきてねえ(2)、
喉をモーブエの水場(3)でうるおしなさい、
なんせ食べるのはもうたくさんだろうからねえ　一〇七七

(1) ソラマメ大に刻んだチーズにパンの皮をちぎったのをまぜて溶き卵をかけて焼いた料理。軽いチーズオムレツ。
(2) 父親は王家財務の書記と市役所の助役を兼任し、息子の方は王家裁判所の代訴人で、財務府書記役も父親から引き継いだという大物の家筋。ちなみにこの一行 prinse a la table de bailly と書いている。だが、bailly の読みは「注釈」は「べーイ」をとっている。だが、bailly ないし bai を冠する単語の用例はトブラー - ロンマッチに優に百を超すにもかかわらず、be ないし bei の異型は一つとして存在しない。これは印象的である。bailly は一〇五節の六行目の行末語だが、こ

れと脚韻を踏む八行目、すなわち最終行の行末語は failly で、これは falir の異型である faillir の変化形で、読みは fali である。すなわち「ファーリ」で、脚韻を踏む六行目の bailly は bali「バーリ」である。

（3）当時評判の水場（上水道の捌け口）のひとつ。サンマーティン大通り筋にあった。

一〇六

ひとーつ、プリンスデソ、阿呆の王様に、
こちら、阿呆の上玉だ、ミシヨー・ドゥ・フー、[1]
なにしろ口八丁手八丁、おまけで歌八丁、
おれの愛ちゃんなんて歌、うたっちゃう、　一〇八一
こいつを遺す、ボンジュウーも一緒だぞ、[2]
ただし、もっとマシなもん着せてやっとくれ、

そうすりゃあ、あいつも立派な阿呆閑人だ、(3)
とてもじゃないがってときだって道化てみせる

一〇八五

(1) このばあいの「ドゥ」は、原語で示せばduで、これはde leの縮約形です。「ル・フー(阿呆)であるミショー」という呼び方になる。

(2) 「好い日、悪い日」の「好い日」、あるいは「ジュウー(ばくちうち)」に「ボン」の形容詞で「手練れの博徒」

(3) あるいは「無為徒食の阿呆」

一〇七

ひとーつ、代官所の警吏のみなさんに、
遺しますするは、なんせおふるまいの正直な、
なんともかともお人柄のよろしい方々だ、

金持ちドゥニとお小姓のジャンのおふたりを、　一〇八九
おっと、飾り紐も一本ずつ、みなさんにねえ、
みなさん、山高帽にかけるのにお使いなさい、
みなさんって、徒組(かちぐみ)のこと、きまってらあ、
なんせほかの組のことなんぞ、どうだっていい(1)　一〇九三

(1) 徒組は市中見回り役。徒歩で行動するところから。「おれは他の組の連中とは縁がない」とも読める。サンブネの司祭は市中見回りの同心と仲がよかったらしい。

一〇八

二度目ってことで、ペルネに遺す、ペルネって、
おれがいうのはラ・バールの私生児のことよ、(1)

なんせ見場がよく、じつはレッキとした跡取りだから、
紋章楯のバールに代えて、かいてよろしい、　一〇九七
鉛を仕込んで、キッチリ四角のサイコロ三個、[2]
まだかくとこあったら、マッサラのカルタ一組、
ただしだ、あいつ屁こくの、ひとに聞かれたらだ、
オマケをつけて、四日熱も遺してやろう[3]　一一〇一

（1）「形見」二三節、「遺言」七六、九三節をご参照。
（2）庶出を示す斜め帯のかわりにサイコロ三つの図形を斜めに並べてもいいよと気前のよいところを見せている。
（3）サンブネのの思量の深さにおどろくばかり。ここはもう注釈原本を見ていただくしかない。「屁こくの」は紋章楯のチーフポイント、四分割の中央交点をいっている。

一〇九

ひとーつ、おれはもうシヨレにはしてもらいたくない、
桶の側(がわ)や底板なんぞをシコシコけずるなんて、
ちっこい樽や酒注ぎに、タガをタンタンはめるなんて、
そんなんやめて、そうよ、道具をそっくり取っ替えな、　一一〇五
おんなじリオンの業物でも、こっちは剣一振、
ただしだ、いいか、木槌はいいからとっときな、
いっくら騒音たてるの、好きじゃないったってさ、
それでん、ちったあ、そうよ、やりたいだろうからさ　一一〇九

一一〇

ひとーつ、おれがジャン・ル・ルーに遺すのは、

こいつ、お金持ちで、当世商売上手、
なんせやせっぽちで、ほそっこいもんだから、　一一一三
ショレはショレで、なんせ探し下手なんだから、
チビの腹這い犬一頭だ、気ばって探すぞ、
メンドリなんか道ばたに置きっぱなしにはせんて、
それによ、例の大外套、クルブシまであるやつ、
ご両人隠すにちょうどいい、人に見られんようにねえ(1)　一一一七

(1)「形見」二四節ではそれぞれに一着、それがここではふたりに一着らしい。

一一一
ひとーつ、森の金銀細工師に、

釘百本を遺す、なんと尾頭付きだ、
釘って、サラセン生姜のだよ、
箱を仕上げるためじゃあない、　一一二一
尻に尻尾をつがえるためだよ、
股肉に腸詰めを押っつけるためよ、
つがえろ、乳首に乳があふれ、
押っつけろ、睾丸に血が下がる　一一二五

一一二

ジャン・リウー、リウーって、空言屋（からごとや）じゃないよ、(1)
町方の衆の隊長だ、かれと手下の弓射手隊に、
狼の頭、それも六個だ、形見だ、すごいぞ、(2)

ま、豚飼いの食い物じゃあないぞ、狼捕りのかな、　一一二九
肉屋の犬どもがもらったのをかっさらって、
赤でグツグツ煮たやつだ、ブルギニヨンだ、
この逸品が、なんといただけるっていうんなら、
悪事だって、そうよ、しちまいかねなかろうぜ　一一三三

(1)「リウー」はriouと書いているが、これは「空っぽのおしゃべり、うわさ話」という意味のriotが同じフォノグラフィーを作る。そこで、この一行、字が足りないのを埋めるのに「空言屋」と遊ばせてもらった。

(2) ある筋の情報によれば当時パリの守備隊長は「シス・ヴィン・ザルシェ」(六×二〇人の弓射手隊)を率いたという。「狼の頭、それも六個」といっているのはこれか。

一一三

この食い物、ちっとばかし重いぞ、綿毛とか、
羽毛とかコルクとか、そんなんよりねえ、
テントにもってくんにピッタシだと思うよ、
城攻めのときなんか、いいんじゃないかな、
狼ども、罠にかかったんだったら、いやね、
なんせ犬ども、狩りの仕方を知らんからねえ、
おれの処方はこうだ、おれってやつの医者よ、
冬に、そうよ、そいつらの毛皮を着ればよい

一一三七

一一四一

一一四

ひと一つ、ルービネ・トゥルースケーに、

お勤めで、お手当たんまりいただいて、
うずら歩きでヒヨコヒヨコ歩かずすんで、　一一四五
太めの馬に乗っかって、よかったねえ、
おれのそろいから、どんぶりばち一個だ、
貸してくれって、いえんかったんだろう、
これでひととおり台所はそろうはずだよ、
もう足りないものはなんもないんだから　一一四九

一一五
ひとーつ、遺しまするは、ペロ・ジラー、
ブー・ラ・レーンに店出してる床屋に、
かなだらいふたつに、やかんをひとつ、

なんせ稼ぐんにこの仕事やってるわけよ、　一一五三
そうよ、十二年の半分も前になるかなあ、
おれを泊めてくれてねえ、いや、ホント、
豚肉でねえ、一週間もおれを養ってくれた、
嘘じゃないよ、プーラの尼僧院長が証人だ　一一五七

一一六

ひとーつ、托鉢修道会の兄弟たちに、
デヴォートやベグィンの女たちに、
パリにいるのにも、オルレアンのにも、
トゥルルピンやトゥルルピーンにも、　一一六一
こってりしたジャコピンスープだ、

フランもだ、御奉献だぞ、これは、
御馳走様したら寝台の垂れ幕のかげで、
瞑想のことを語り合ったら、どうかな[1]

一一六五

（1）二行目は北のネーデルラント方面からの、四行目は南のプロヴァンス方面からの信心行が、三行目のパリに、オルレアンに及ぶというイメージ作り。パリとオルレアンは通奏低音だ。ジャコピンスープはジャコビン（ジャコバン）修道院にかけたからかいで、修道院の美食をあげつらっている。寝台の垂れ幕のかげでなんていっているからセックスがらみのイメージ作りかと思っていると足元をすくわれる。瞑想はデヴォートやベグィンの「デヴォーティオ・モデルナ（当世風の信心）」の中心に位置する信心行。

一一七

で、その方々になにか遺すって、それはおれじゃあない、

おれじゃあなくって、こどもたちみんなの母親たちだ、
それに神さまで、神さまがあの方々の労に報いるということで、
神さまによかれと、あの方々はどえらく苦労したんで、
ボーペールはボーピールで、ともかく生活がかかっている、(1)　一一六九
パリにいるのは、もっともっと大変だ、わかりますよ、
おれたちのとなり近所のおばさんたちをよろこばせるのは、
おばさんたちの夫どもを愛する、あの方々のこれぞ隣人愛　一一七三

(1)「あの方々」は「托鉢修道会の兄弟たち」を指し、「ボーペール」はそれを受けているが、「ボー」と「ペール」の連語は昔も今も「義理の父親」をいう。ここは「神父」の意味にちがいないという解釈がさかんだが、それはムリ。「ペール」は修道士をいうから、「ボー」をつけて「ご立派な修道士方」。ただし「ペール」は「ピール」の変化形で、「悪人輩（あくにんばら）」をいうこともある。「ピール」を「ペール」に隠したということで、日本語に訳しようがない。

一一八

メートゥル・ジャン・ドゥ・プーリューは、
このことでいろいろいおうとしたが、
むりじいされて、おおやけの場で、　　　　一一七七
おはずかしくも、自説を撤回した、
メートゥル・ジャン・ドゥ・マンもからかった、
連中のやりくちをねえ、マチューもやった、
けどね、うやまわなくちゃあいけないよ、
神さまの教会がたっとんでることはねえ(1)　　　　一一八一

(1) 職業人としての大学教師と托鉢修道会との争論で、修道会は清貧を唱えながら富裕だ。教区教会の司祭の仕事にも割り込んできているし、大学教師の給料をかすめとってもいると、ここに名を挙げられた連中は主張して報復された。

一一九

だからおれは身を屈し、あのお方々の
しもべとなり、わが言行のすべてにかけて、
あのお方々を心からうやまい、ホント、
さからうことなく、服従するものである、
悪口をいうなんて、アホウのすることだ、
なんせサシの座にも、説教の席にも、
どんな折にも、いうまでもないことだが、
手下がひかえている、報復してやろうと

一一八五

一一八九

一二

ひとーつ、フレール・ボードに遺す、
住まいいたすはカルムの僧院、なにしろ
尊大な顔付きの男でねえ、なにをって、
鶏冠かぶとに三日月ほこを、これは二筋だ、　一一九三
なんでかって、デトゥスカ(1)とその手勢がだ、
ヤツを襲う、で、鳥籠(2)をとられんように、
年寄りさね、けどね、負けるもんかね、
なんせ正体はヴォーヴェールの悪魔(3)なんだ　一一九七

(1) これはラテン語。「森の」を意味し、一一一一節の「森の金銀細工師」を指している。この語の探索は難渋を極めた。トブラー‐ロンマッチ、グレマ、クレダ、ありとあらゆる、わたしの信頼する限りでの話だが、古語辞典は頼りにならず、なんとブレーズのラテン語辞典にようやく見つけた。ラテン語だったのだ！　権兵衛の正体を探る

手掛かりが、ここにもあった。

（2）当時鳥籠に小鳥を飼うのが大流行だった。

（3）パリの南門のひとつサンミッシェル門を出はずれたところにシャルトルーズ修道院があった。そこは往時ヴォーヴェールと呼ばれた王家所有の土地で、緑の谷という意味だが、なんでもそこに悪魔がいたという。シャルトルーズ修道会はその噂を利用して、その土地を安く払い下げてもらって、修道院を建てたのだという。シャルトルーズはカルメル会修道会とは別で、そのあたりにもなにやら諷喩の気配が漂っている。

一二一

ひとーつ、なにしろ役所のハンコの押し役は、
たっぷりミツバチの糞を噛んだんだから、
とにもかくにも勇敢なヤツだ、遺してやろう、
ヤツのハンコだ、ペッペッと唾をはきかけてねえ、

一二〇一

それにね、親指を押しつぶしておいてあげよう、
ハンコはいっぺんで押した方がいいんだろう、
おれがいうのは、司教裁判所のその役で、
ほかの役所のその役は、神さま、まかせます

一二〇五

一二二

勘定部屋のお役人衆だが、部屋ったたって、
納屋だよ、あそこは、天井張ってあげよう[1]、
お尻がデキモノでただれてるお方々には、
それぞれが一脚、穴あき椅子をさしあげよう[2]、
ただしだ、ちっこいあいつにねえ、王が杖もってる、
オルレアンででかされた金貨だ、そいつにバッチリ、

一二〇九

罰金払わせて、それでまかなうってことでどうだろう、
じっさいそいつは汚らしいゴミみたいなモノよ(3)

一一一三

(1) シテ島のパレ(王宮)の中庭にプレハブ風に張り出した一翼にあったらしく、壁は破れ、天井から雨漏りがする悲惨な情況だったらしい。
(2) 五行目以降と関連して、コインの形状を暗示している。
(3)「オルレアンの戦い」のあと王太子シャルルは王であることを標榜して王のイメージをデザインした金貨をオルレアンで製造発行した。それが二年後の一四三一年九月に発行された同じデザインで第三版の金貨は額面価格は同じでありながら純金ではなく、目方も一割方軽かった。それをつかまされた両替商たちが、怒って、王家裁判所に訴訟を起こした。どうもそういう景色のようである。

一二三

ひとーつ、メートゥル・フランスェに遺す、
ほら、あそこの教会のさ、代理司祭だよ、
スコットランドの弓兵の長首の喉当てだ、
金銀の細工物、なんてもんじゃないけどさ、
なんせ騎士にするって肩打ちされたとき、　一二一七
こいつ、神を否み、セントジョージを呪った、
この話、なんと、笑わずに聞けるのはいない、
きちがいのようにねえ、喉まで見せて大声で(1)　一二二一

(1) サンマーティン大通り筋のサンニクラ教会の主任司祭が破門されて解任された。代理司祭職はそれにともなう発令だったというが、その主任司祭がなにか刑事罰を受けて絞首されたか、首斬られたかしたのか。「肩打ち儀礼」はそれにかけていると思うのだが。

一二四

ひとーつ、メートゥル・ジャン・ローランに、
なんともあわれな、真っ赤な眼をした、
あいつの御先祖様の罪障のむくいだねえ、
樽で飲んだり、瓢(ひさご)であけたりしてたからねえ、
おれの旅嚢の内張りを遺そう、そいつで、
毎朝拭くといいよ、眼をだよ、もしだよ、
あいつ、ブールジュの大司教だったらねえ、
赤い絹布を使えるだろうが、そいつは高いぞ

一二二五

一二二九

一二五

ひとーつ、メートゥル・ジャン・コタールに、
司教裁判所のおれの世話役、魂と財布のだ、
おれはやつに一パタール(1)ほど借りがある、
いま勘定してみて、そいつに気が付いた、　一二三三
ドゥニーズ(2)が裁判おこしてきたときのだ、
なんか、おれが悪口いったといいたてでねえ、
コタールの魂がめでたく天に召されますように、
おれはやつの弔辞を書いた、まあ、読んどくれ　一二三七

(1) ブルグーン侯フィリップ・ル・ボンが一四三三年にフランドル、ブラバント、ホラント、エノーで発行した銀貨のひとつ。二四パタールでフィリップス金貨一枚とされた。だからフランス王国のスーよりも細かいコインだ。借金だなどとさわぐほどのものではない。

(2)「ドゥニーズ」は「ドゥニ聖人」を諷喩している。ドゥニ聖人は初代パリ司教と伝えられていて、つまりノートルダムの司教の象徴的

存在で、ノートルダムに下属するサンブネ教会の目の上のたんこぶだ。詩人はサンブネ教会を代表してノートルダムの司教裁判所の法廷に立たされたことがある。たぶんこのあたりの詩行はその屈辱の体験を映している。「形見」二七〜三〇の連節をご参照。

ジャン・コタールの魂のバラッド

ブドウを植えなすったペール・ノエ、御先祖様のノア、
あんたもだよ、ロト、あんたは岩屋で飲んだくれた、
あげくが、手練れの恋愛神があんたをまんまとだまして、
あんたのむすめたちを、そうだよ、あんたに近づけさせた、　一二四一
いいや、そのことであんたを責めていってるんじゃないよ、
ええと、それにだ、酒術に長じたアルシュデクリンさん、
あんたがたお三方にお願いする、竿してやっておくれ、(1)

いいやつだった、死んじまったジャン・コタールの魂を　一二四五

（1）「ペルシュ（竿）」から造語した動詞「ペルシェ」を使って物を言っている。ふらふらのぼってきたコタールの魂に、竿を突き出してとまらせてやっておくれ。

太古の昔のあんたがたの血を、やつはたしかに継いだんだ、
やつが飲むのは、なにしろいい酒だった、高い酒だった、
マツボックリっきゃ残らなかろうが、やつは飲んだんだ、
やつは組一番の射手だった、手つきで分かろうじゃんか、
やつからトックリをとりあげる、そいつぁまずムリだった、　一二四九
飲みにかけちゃあ、やつはけっして怠けんぼうじゃあなかった、
大殿のお三方、どうぞこばまないでやっておくれ、

いいやつだった、死んじまったジャン・コタールの魂を　一二五三
よっぱらってねえ、千鳥足でふらりふらりと歩いている、
あいつをよく見かけたよ、ねぐらへ帰るところだったんだ、
一度なんか、やっこさん、あたまにコブを作っちまった、
思い出すなあ、あれは肉屋の屋台にぶつかっちまってだった、　一二五七
世の中、こんなの、見つけようったって、見つかるもんじゃない、
朝っぱらから夜更けまで、リキ入れて飲んでる、こんな飲み助、
頼んますと聞こえたら、どうぞ入れてやっておくれでないか、
いいやつだった、死んじまったジャン・コタールの魂を　一二六一

殿さんよ、この男、地面に唾を吐くなんてこと、できなかった、
なにしろしょっちゅう叫んでた、アルー、アルー、喉が渇いた、
それが喉の渇きをいやすなんて、とうていできはしなかったんだ、

いいやつだったた、死んじまったジャン・コタールの魂を　一二六五

一二六

ひとーつ、若者メールに[1]、これからは、
おれの両替のめんどうをみてもらいたい、
なんせ、おれはいやいや両替やってるんだ、
ひがないちんち、両替に明け暮れてるんだ、　一二六九
くにのあきんどだ、たびのあきんどだ、
エクミ枚、はいよ、ブルターンのタルジュが六、
アンジェロ二枚で、ほいよ、アンジュ大判だ、
なんせ、色男なら、気前がよくなくっちゃあ　一二七三

（1）le jeune merle と書いていて、jeune は中世フランス語としては大変めずらしいオルトグラフィーである。トブラー - ロンマッチは juene のオルトグラフィーで項を立てて、五二行七欄にびっしり、用例を拾っているが、そのなかでわたしの見るところ、わずか二例に、しかも二例とも jenne のヴァリアントとして jeune と geunes を立てるという冷遇ぶり。ほかに june と jones の用例も拾っているので、フォノグラフィーが「ジューン」なことは想像できるのだが、トブラー - ロンマッチが jeune として項を立てているのは「ジェウン」と発音し、宗教的節制の断食を意味する。「形見」初節の「ヴェジェッス」に立てた注（2）に紹介したように、『ばら物語』の著者のジャンは、マン・シュール・ロワール出身だったからジャン・ド・マンとふつう呼ばれているが、これは近代のなまりで、ジャンは jean de meun すなわちメウンの出のジャンなのだった。クィ・ネッラ・スー・レー・ラ・メウン（レール河畔のメウンないしムウンの生まれ）と書いた後に、qui a saoul et a geun と書いていて、これは、まあ、クィ・ア・サウー・レ・ア・ジェウンでしょうねえ。geun は断食の jeune のヴァリアントで、空腹。「満腹のときも、空腹のときも」というわけ。ことほどさように中世のオルトグラフィーとフォノグラフィーはやっかいだが、le jeune merle の jeune は「ヴィヨン遺言詩」にあって正字で、文句のつけようもない。jeune を形容詞に使っているケースは一〇例を超えるが、定冠詞 le を付し

て「若者」をいうのはここの用例だけである。

一二七七

一二七

ひとーつ、こんど旅してわかったんだが、
おれの貧しいみなしごの三人ねえ、あいつら、
年端(としは)もいかなかったのが、けっこう育ってねえ、
頭は牡羊ってわけでもなさそうだし、ここから
サリン(1)までのどんなこどもたちだって、学校で
習った芸をこんなにちゃんと覚えてるのはいない、
だからさ、阿呆のマトリン僧院(2)かけていうんだが、
これほどの若者ならば、そうよ、バカじゃあない

一二八一

(1) 現在フランシュコンテの山中の町サラン・レ・バン。ブルグーン家のブルグント領のなかでサリン領は別だった。製塩業が営まれ、ブルグーン家の南の領国の塩専売の拠点になっていた。「おれの貧しいみなしごの三人」が王家の塩専売にたかる政商であったことを暗示している。

(2) サンブネ教会のすぐ北にあったマトリン修道院の縁起にかけて「阿呆の」といっている。

一二八

だからさ、おれはあいつらを学校へ行かせたい、
どこのかって、ペール・リシエ先生んとこさ、
ル・ドナ(1)は、そりゃあ、あいつらにはむずかしい、
難儀させるのはおれの本意ではない、だからさ、
習うんだよ、おれはこの方がもっと大事だと思う、　一二八五

アヴェ・サールス・ティビィ・デークス、[2]
これを覚えるだけならば、そう勉強はいらない、
上に立つのはきまって坊主ってわけじゃあない

一二八九

(1) 初等のラテン語教科書。古代ローマの文人ドナティウスに由来する。
(2)「聖処女マリア讃歌」の一節だろうと見当をつけて読むと「めでたし、人に救いを、聖処女よ、あなたに誉れを」と読み解ける。

一二九

あいつらがそこまで覚えたら、それでいい、止まれ、
もっと勉強したいっていったって、おれが禁止する、
クレドだクレジットだといったって、[1]ムリだよ、
とてもじゃないが、こどもたちにはむずかしすぎる、

一二九三

そうだよなあ、おれの大外套をふたつに裂いて、
そいつの半ペラを売り払ってさ、売れればだけど、
フランを買って食わせてやりたい、フランがあればだ、[2]
なんせ青春は、ちょっぴり食いしん坊なんだ

一二九七

（1）「クレド」は「信仰告白」と訳される。キリスト教の根本思想「三位一体」を文章化したもの。言葉としてはラテン語の「信用する」という動詞を転用したもので、だから和製英語の「クレジット」の方が語意としてはもともとだ。

（2）四世紀のガリアの司教マルティヌス（サンマーティン、近代表記でサンマルタン）の施しの故事に由来する。「フランを」の方は料理のスタイルだが、「フランがあれば」の方は貨幣単位、また金貨そのものをいう。「エル」と「エール」と一字違うが、この違いはそれほど意識されなかった。

一三〇

行儀作法はしっかり学んでもらいたい、それにはだ、
よしんば棒でぶたれたって、それはしかたない、
帽子をまぶかにかぶってさ、いえね、頭巾かなあ、
ほれ、両手の親指をさ、帯にちょんとあててさ、
どなたさまにもへりくだってさ、なんでございます、
いいえ、とんでもございません、なあんちゃって、
たぶん、みなさん、手引き足引き、いうだろうねえ、
みろよ、御大家のおぼっちゃまがただ、そうとも

一三〇一

一三〇五

一三一

ひとーつ、次におれの貧しい若僧たちだが、

一三二

やつらにやろう、おれは肩書を放棄する、
いい子たちだ、灯心草のようにまっすぐ伸びて、
そんなやつらだから、おれは譲渡するんだ、
家賃を受けとる権利もあいつらに割当てる、　一三〇九
掌中ににぎったも同然、それほど、たしか、そうだよ、
日をきめとけば、その日にきちんきちんと、いえね、
ほれ、グードゥリ、グィオームんちの家賃だよ(1)　一三一三

(1) 以下四節は「形見」二七節から四節の主題の変奏である。「家賃」といっているのはノートルダムの参事会が所有する家作のそれを指している。

やつらは若く、はねまわりのいたずら盛りだが、
だからといって、おれの気にはさわらない、
三十年かな、四十年かな、それくらいたてば、
すっかり変わるだろうよ、神さまの御意のまま、

一三一七

まちがってるよ、あいつらに嫌われるなんて、
なにしろとてもかわゆく、おとなしいこどもたちだ、
やつらをなぐったり、たたいたりするやつはアホだ、
なにしろねえ、こどもはすぐにおとなになる

一三二一

一三二三
やつら、ノートルダムの十八人学寮の奨学金が
とれるといいなあ、ま、骨折ってやるか、

おおやまね[1]の惰眠はむさぼらないしねえ、
なにしろこいつ、三月のあいだ、眠りこけている、
なんとねえ、睡眠とはなんとも悲しいもので、
青春まっただなかの若者を甘やかす、それが、
ついには、起きていさせられるはめになる、
年老いて、休息が必要という段になるとねえ[2]

一三二五

一三二九

(1)「レール」と書いていて、ヨーロッパやまねの一種。シェイクスピアがドーマウスと書いているが、これは「眠る」の意味のフランス語の「ドルミール」から来ていて、日本語でやまねに当て字して「冬眠鼠」というのに似ている。

(2) 睡眠についてここまでしっかり書いている。「ヴィヨン遺言詩集」が若者の天才詩人の作だとする定説をあっさりと覆すきっかけになる詩節のひとつで、なんとも深い諦観が心にしみ通る。

一三四

そこでだ、俸禄をくれる人にも手紙を書こう、
やつらふたりの推薦状、まったく同じ文面だ、
だから、いいか、恩人に感謝して、祈れよ、
なまけたら、いいか、耳をひっぱらせるぞ、　　　一三三三
いえね、びっくりしてる人がいるってねえ、
おれがふたりのことを気にかけてるってねえ、
それがだ、祭と宵宮にかけていうんだが、
おれはやつらの母親たちに会ったことはない(1)　　　一三三七

(1) そのまま読めば、こどもたちのことを気にかけているのだから、その保護者とのつきあいがあったのだろうという勘ぐりに対してこういっている。ところが「やつらの母親たち」というのは「ルール・メール」ではなく「レ・メール・ド・ウー」と妙な書き方をしてい

る。ここのところは「形見」二八・二九の連節に対応している。そのことから見ても、「やつらの母親たち」は「聖母マリア」を指している。聖母が複数いるのは妙だが、たぶんやつらそれぞれが奉じる聖母マリアというからかいなのだろう。

一三五

ひとーつ、ミッシヨ・クドゥあてには、だ、
おっと、シャル・タランどのもいっしょだ、
百スー[1]、え、どっからもってきたんかって?
まあ、いいじゃんか、天から降ってくるって、　一三四一
そうだ、なめし革のブーツもいっしょにね、
甲もちゃんとしてるし、靴底だってついてる、
ちゃんと挨拶がありゃあねえ、ジャーンちゃん[2]と、

もうひとりのジャーンちゃんもくれてやる(3)

(1) 二〇スーで一リーヴル。五リーヴルということで、標準的な金貨五枚。

(2)「形見」一三節の「ジャーン・ドゥ・ミレー」

(3)「ヴィヨン遺言詩集」に登場する「もうひとりのジャーンちゃん」は「むかしの女たちのバラッド」の「ジャーン、ラ・ボーン・ロレーン」だけ。そのバラッドの「反歌四行詩」の「ジャーン・ダールのアンケート調査」は一四五五年十一月七日、パリのノートルダム聖堂で幕開けの儀式が挙行された。「おれの貧しい若僧たち」も最上席に座っている。くやしいことに司会はサンス大司教だったが。前節までの連節とのわたりを考えても、ここの「もうひとりのジャーンちゃん」は「ジャーン・ダール」でよいようだ。近代語で「ジャンヌ・ダルク」です。

一三六

ひとーつ、グリニーの領主だが、やつには、
おれは以前、城をひとつ形見に遺したが、
ビリの塔もやる、セレスティンからとりかえせ、[1]
ただしだ、門がまだあって、ともかく窓が　　一三四九
まだ立っていて、かりにも残っているならだ、
ちゃんと直して、手入れするのが条件だ、
カネか、そんなの右から左になんとかしろよ、
おれにはないし、やつももっちゃいないとね　　一三五三

（1）パリの東の城壁がセーン河岸に突き出るところに建てられた塔。このあたりは新開地で、王家、パリ市、セレスティン修道院などがその所有権や管理権を主張する様々な権利と物権が混在していた。ビリの塔もそのひとつだった。

一三七

ひとーつ、チボー・ドゥ・ラ・ガルドに、
チボー？　ちがった、ジャンって名だ[1]、
こいつになにをやるか、惜しくないのはなんだ、
なんせ今年はみんなくれちまったからなあ、　一三五七
神さま、どうぞ割り戻し、おねがいしますよ、
小樽をやるか、ちっこい樽じゃないよ、飲み屋だよ、
だったら、ジュヌヴェの方が、ずっと古手で、
赤鼻で、そこで飲むにはずっとふさわしい　一三六一

(1) チボーは女房を寝取られた男をいう名前だったという。

一三八

ひとーつ、おれはバズネーって羊皮商いに遺す、(1)
とくに名は秘すだが、公証人で、代官所の書役(かきやく)、
丁子(ちょうじ)を山盛り一籠だ、いえね、ルーエんちから、
もってきちゃった、ほら、ジャンとペールの兄弟のさ、　一三六五
モータンにも同じだけ、ルーネにも同じだけ、
ま、みんななかよく、これをお中元に使ってだ、
心をこめて、しとやかに、まめに仕えんさいって、
サンクリストゥッフルに仕えんさる御領主に(2)　一三六九

(1) あっさり「おれはバズネーに贈る」と書いていて、それが形見二一節では「ペール・バザネー」と書いていた。両方とも写本とルヴェ本に異同はない。バズネーないしバザネーは普通名詞のバズンないしバザンの類縁語で、これは羊皮の意味だから、なにか羊皮なめしとか商いとか、そんなふうに読めるかなと思ったのだが、トブラー

-ロンマッチには出ない。ただ、ゴドフロワがバズニエールとかバザニエールとかという語を項目に立てていると紹介してはいる。ゴドフロワというのは十九世紀に『中世フランス語辞典』という大部の本を出した人だが、わたしはかれを信用していない。何度もだまされたことがあるので。トブラー・ロンマッチも信用していないらしく、ゴドフロワにはこう出ていると、時折、思い出したように紹介しているのがおもしろい景色だ。

(2) 王のパリ代官ロベール・デストゥートゥヴィルを指している。次節と続くバラッドに、代官とその奥方との仲が噂される。その噂話のなかに、けっこうイエス・キリストの渡し守巨人クリストポロス伝承が説明されている。芥川龍之介の『きりすとほろ上人傳』をご覧ください。

一三九

御領主には、バラッドを書いて差し上げよう、
なんとも美徳の持ち主の御内方(おんうちかた)にささげよう

ふつうじゃないよとアムールもいっている、
おおよ、だからっておれはおどろかんねえ、
なんせかの女をとろうと、試合に出たんだ、　一三七三
シシリー王のルネの武芸試合にねえ、[1]
で、試合に勝った、なのに黙して語らんかった、
ヘクトル、トロイロスもそんなんだったかなあ　一三七七

（1）シチリア王の名号をとるアンジュー侯ルネが一四四六年の復活祭にレール河畔の城町ソームーでパ・ダルム（武芸試合）を催した。これにデストゥートゥヴィル家の若武者ロベールが出場した。観客席にパリ代官アンブレ・ロレの娘アンブレーズがいた。パ・ダルムが終わってすぐ、五月にアンブレ・ロレは死去し、そのあと、おそらく同年中にふたりは結婚した。翌年三月にロベール・デストゥートゥヴィルはパリ代官に就任した。アンブレーズ・ロレは先のパリ代官の娘という身分からパリ代官夫人にかわった。こういういそがしい状況下にふたりの結婚生活はスタートし、サンブネのがこうしてふたりの夫婦生活を揶揄するような歌を作る頃合いまではともかくも無事だった。ところが、どうぞお読みください、バラッド第三

連に「喪の蝶のわが上にはばたくとき、ときとして怒りに燃えるフォルトゥーンのしわざ」などと書いている。なんと一四六〇年十一月、ロベール・デストゥートゥヴィルは失職してルーヴル城の牢につながれた。五年後に復職するのだが、この事件をサンブネのは書いているのか。

パリ代官夫人アンブレーズ・ドゥ・ロレに捧げるバラッド

あさまだき、ハイタカは翼をたたいて、さわぐ、
高貴なお勤めを果たそうと、快楽の衝動にかられて、
冬のツグミは歌い、喜びに羽根を打ち振るわせる、
たがいに求めて番い(つが)を作り、羽裏にかくれる、
あなたに贈りたい、デジール(1)がわたしに火をつけた、
ほがらかに、恋人たちによいものを、なにをかって、

一三八一

お知りあれ、アムールが定め書きに書いています、
わたしたちがなぜ一緒にいるか、これがその目的　一三八五

あなたはわが心の御婦人です、議論の余地はない、
死がわたしを滅び尽くすまで、まるごとのあなたは、
甘くかぐわしい月桂樹、わが正義を守ろうと戦う、
若木から育った橄欖(かんらん)の木、わが苦悩をやわらげる、
わたしがよい習慣を破るのをレゾンはのぞまない、　一三八九
のぞまないのは、あなたともども、わたしののぞみ、
のぞむはあなたに仕えること、よい習慣を守ること、
わたしたちがなぜ一緒にいるか、これがその目的　一三九三

だれが生きているか、喪の蝶のわが上にはばたくとき、
ときとして怒りに燃えるフォルトゥーンのしわざ、

それがあなたのやさしいまなざしはそれが悪意をくじく、
そのありさま、なんとも風の羽根を散らすにひとしい、
こうしてわたしがまいた種子はたえて失われることなく、
あなたの畑でとれた果実は、なんとわたしにそっくりだ、
たゆまず耕し、施肥せよと、神はわたしに命令する、
わたしたちがなぜ一緒にいるか、これがその目的　一三九七

一四〇一

女座長よ、お聞きあれ、わたしはくりかえしいいましょう、
わたしの心があなたのそれと一緒でないなんて、よもや
ないでしょう、あなたと同様、わたしはそう思います、
わたしたちがなぜ一緒にいるか、これがその目的　一四〇五

（1）「欲望」。以下、「アムール（恋愛）」、「レゾン（道理）」、「フォルトゥーン（運命）」とともに『ばら物語』の擬人化存在。

一四〇

ひとーつ、ジャン・ペルドゥレどのにはだ、
なんにも、弟御のフランスェにも、なんにも、
そりゃあ、いつだっておれを援助しようと、
財布もひとつにしようといってきてくれたし、
おれのダチのフランスェのやつ、真っ赤な、　一四〇九
ピリ辛のタンシチューを、いらないっていうのに、
食べろよと命令口調、食べてくれと懇願調、
ブールジュでおれにすすめた、それでもだ[1]　一四一三

(1)「ブールジュ」は王太子シャルルの政権を暗示している。ペルドゥレ家を筆頭にパリの町人たちが陰謀をたくらみ、王太子の軍勢をパリに引き入れようとした。ジャン・ドゥ・カレーが密告して事はバ

レした。「遺言」一七三節をご参照。

一四一

おれはテエヴァン[1]でレシピをさがしてみた、
モノがモノだから、煮込み料理のとこをねえ、
ページの裏表、上から下まで目を走らせる、
そんなの、どこにも出ていなかった、ぜーんぜん、　一四一七
けどねえ、心配ないもんだよ、料理人のマクエールが、
毛のついたまんま、悪魔を一匹、焼きながら、
焦げた臭いがホンワカ立つまでねえ、
簡潔明瞭、こんなレシピをおれに書いてくれた　一四二二

(1) シャルル六世の料理人頭グィオーム・ティレルの残した料理法メモの総称。手書き写本やインキュナビュラ（十五世紀の印刷物）で残ったのがまとめられて、十九世紀末に刊行された。近代語の発音で「タイユーヴァン」。

毒舌のバラッド

鶏冠石の、赤色砒素の粉かけて、
石黄（せきおう）の、硝石（しょうせき）の、生石灰（せいせっかい）の粉かけて、
にえたぎる鉛につけて、粉々にして、
灰汁（あく）に溶かした獣脂とピッチにつけて、
灰汁って、ユダヤ人の糞と小便で作るんよ、
癩病（らいや）みの脚を洗った水につけて、

一四二五

足裏の、へたったブーツの靴底の削り屑かけて、
マムシの血とか、いろんな毒薬をまぶして、
狼や狐や穴熊の胆汁からめて、
炒めちまえ、そんな毒のまわった舌なんか(1)

一四二九

(1)これはなにしろこの十行詩バラッドの一〇行目のルフランの一行だが、それがこの十行詩の主文にもなっている。九行まではアン・リアガ、アン・ナルセニ・ルーセ、アン・ヌルピマンなどなどとアンをとる語句がならんでいて、これはつまりは料理の塩コショウである。砒素だの、灰汁だの、足裏の削り屑だの、マムシの血だのをぶっかけて「スェエ・フリットゥ」、フライパンで炒めちまえという発言で、これで第二連、第三連も通している。

魚釣りを嫌う猫の脳味噌まぶして、
年寄りの黒猫で、歯茎に歯が一本もない、

一四三三

年取った番犬のもだ、こいつもエライ、
涎だらだら垂らして、狂犬だ、
喘息もちの牝ラバの泡噴いてんのをからめて、
全身、切れるハサミで切り刻まれて、
ネズミどもが鼻面ひたす水につけて、　一四三七
カエルだ、ガマだ、そんなヤバイ野獣どもが、
ヘビだ、トカゲだ、そんなノールな鳥どもが、[1]
炒めちまえ、そんな毒のまわった舌なんか　一四四一

（1）イエローン・ボッスの「アントニウス聖人がためしにあう」（リスボン）は中央と左右両翼内絵に通しで上辺に空をひらいていて、そこに魚や昆虫どもが飛んでいる。ウィーンにある「最後の審判」左翼内絵は「原罪」とも「楽園」とも呼ばれていて、「アダムとイヴ処分」の仕事を終えた天使が空を飛んで、最上段、雲間に浮かぶ黄金の球体へ向かう。飛翔する悪魔の軍団。イナゴやハチに化けたのがいる。羽虫の化け物がいる。サソリに似たやつもいる。なんとガマも空を飛んでいる。イモリのでっかいのもたしかに見てとれる。

昇汞(しょうこう)かけて、さわるとヤバイぞ、
生きてる蛇のアヌスでやるか、
皿に張って乾かしてる血をまぶして、
床屋でねえ、満月の夜にだ、
ひとつは黒い、ひとつはチャイヴよりも緑色、

一四四五

サンブネのの想像世界にヘビだのトカゲだのが空を飛んでいても、なんのおかしいところはない。それを「ノール」と形容するのは、鷹狩がそう形容されるのと同断だ。「ノール」は近代語で「ノーブル」と発音し、高貴なという意味をもたせるのがふつうだが、中世語の世界では、使い方はもっと幅広い。べつに鷹狩が高貴であるわけはない。領主好みのスポーツということで、蛇や蜥蜴をノールというとき、サンブネのの想像裏にルジナン城のドラゴンがあったにちがいない。「ベリー侯のいとも豪華なる時祷書三月の暦絵」をご覧ください。

下疳と痔瘻の穴のなかで、汚い金だらいのなかで、
子育ての女たちがムツキをつけておくたらいだ、
春をひさぐ娘たちの使う小さな湯舟でやるか、
これでわからん手合いは岡場所になじみがない、
炒めちまえ、そんな毒のまわった舌なんか　一四四九

歌の判定人、この御馳走ぜんぶ、通しちまえ、
ミノもフルイも漉し布ももってはいないんだろ、
ズボンの尻を汚して、ぜんぶ通しちまえ、
おっと、その前に、豚どもの糞をまぶしてねえ、
炒めちまえ、そんな毒のまわった舌なんか　一四五三

一四二
ひとーつ、メートゥル・アンドゥリ・クーロー(1)へ、
使いにフラン・グンチェに異議ありをとどけさせよう、
いやね、高御座(たかみくら)のタイラント(2)のことだけど、
この御仁には、おれはもうなんにも求めない、　一四六〇
争うなよと、賢者(3)はおっしゃる、くたびれた、
しょうもない貧乏人が、権勢あるのを相手に、
いったい、なにすんねん、せいぜい網張られて、
仕掛けの罠にはめられんようにねえ、あー、あ、あ　一四六四

(1) 王家裁判所の代訴人、また、王家御金蔵役人。一四四一年の史料は「シチリア王ルネ・ダンジューの代訴人」と名指している。一四六二年の史料は、かれがメーン伯シャルルのそれだったことを教えてくれる。シャルルはルネの弟で、アンジュー家系の領主たちが王家裁判所で権益を争うとき、アンドゥリ・クーローはかれらの代訴人の役目をつとめる。

（2）ルネ・ダンジューを指している。

（3）旧約聖書の「集会の書」の筆者を指している。なおこの一書は、現行の日本語聖書では「外典」として排除されている。

一四三

グンチエなんかこわくない、家来もいないし、
おれよか親の財産があるわけじゃあない、
それがねえ、さてこそ論争とまいりまするか、
やつは貧乏を称賛する、冬も夏も、通しで、
ずーと貧乏でいるのが一番いいんだという、　　一四六八
それがしあわせというものだと思っている、
おれはといえば、そいつは不幸だと思う、
どっちがまちがってるか、ようし、議論しよう　　一四七二

フラン・グンチェに異議ありのバラッド

柔らかい羽根布団にどっかりと、でっぷり肥えたシャネーン[1]が、
真っ赤におこった炭火にあたって、ゴザ敷き詰めた部屋のなか、
そのすぐそばに、しどけなく寝そべって、囲い女のシデーンが、
色白でモチハダで、スベスベしてて、きれいなおべべ着ちゃって、　一四七六
夜昼通して、ひがないちんち、イポクラス[2]なんか飲んじゃって[1]、
笑い声たてて、いちゃついて、甘ったれて、口吸いあっちゃって、
ハダカんなって、もっともっと、いいキモチになっちゃって、
なんだねえ、そんなふたりを、おれはホゾアナからのぞいた[3]、　一四八〇
そんとき、おれは卒然と悟ったね、憂いを消すには、そうだ、

人間、自分流儀に、勝手気ままに生きるのが、そう、一番だ

（1）聖堂参事会員。
（2）香料や砂糖で風味をつけたぶどう酒。
（3）柱に柄穴（ホゾアナ）が空いていることを暗示している。そんな粗末な作りの部屋なのか。聖堂参事会員の贅沢ぶりもたいしたことはないなあという感じ。

一四八四

フラン・グンチェとその連れ合いのヘレーンは[1]、そんな暮らしが、
これが甘い生活だと思って、ずーっと続けているんだろうが、
なにしろ太いおくびの出るタマネギとかネギとかの暮らしをね、
そんなの、いうが、クロパンのトースト一片ほどの値打ちもない、
ヨーグルトだ、エンドウマメの大鍋だなんて、そんなの、いえね、

ケンカを売るつもりはないが、ニンニクひとつかけの値打ちもない、　一四八八
バラの茂みの下に寝るなんていってるが、それがご自慢らしいが、
どっちがいいかなあ、いえね、椅子を脇に据えたベッドに寝るのと、
あんたなら、どう？　なんという？　返事に時間をかけるなよ、
人間、自分流儀に、勝手気ままに生きるのが、そう、一番だ　一四九二

なんともグロなクロパンや、オオムギを食べ、カラスムギを食べて、
一年三六五日、信じられないよなあ、水ばっかり飲んで暮らす、
ここからバビロンまで、三千世界のカラスがたとい集まったって、
こんな食い物じゃあねえ、カアカア、たったのいちんちだって、　一四九六
おれさまを引き留めちゃあおけまいよ、おおよ、朝んちだけだって、
おおよ、踊るがいいさ、神さまも見てござる、フラン・グンチェ、
ヘレーンとねえ、[2]きれいなノバラの枝の下で、ベレグランチェ、
それが好きなら、おれとしてもだ、イチャモンつける筋合いはない、　一五〇〇

まあまあ、農民の仕事がどんなだか、そいつはともかくとしてだ、
人間、自分流儀に、勝手気ままに生きるのが、そう、一番だ
歌の判定人、判定を、おれたちに折り合いをつけさせてほしい、
おれとしてはだねえ、ま、だれの気持ちも傷つけんようにねえ、
こどもだっていってることを、ただただくり返すだけさ、
人間、自分流儀に、勝手気ままに生きるのが、そう、一番だ

一五〇四

（1）「ヘレーン」は、三本ある写本の内二本とルヴェ本は、第四〇節の初行（延べ行数三一三）に出るのと同じくhelaineと書いているが、コワラン写本だけはelayneと書いて、「エレーン」の読みを示す。helaineはヘレーンだとこれではっきりしたといえるだろうか。あるいはelayneはhelaineの音の中身を示しているのか。かりにそうだとしても、それでは、そのことを承知の上で、helaine派はhelaineと書いたとどうしていえるのか。ナゾはふかまる。

（2）なんともおかしいのはコワラン写本のふるまいで、ここではhelayneと書いて、hの帽子は頭にのせたが、それでもまだこだわっている

ふうで、iをyと書いて見せている。

一四四

ひとーつ、なんてったってモノにくわしいんだから、
いいや、おれがいうのはあそこんちのブルエー夫人がさ、
街で説教してもいいんじゃないの、資格、遺すよ、
先生だけじゃないよ、お弟子さんたちにもねえ、　一五一〇
いえね、お嬢たちをかたぎにもどしてやりたいのよ、
なんとなんと、よくさえずるお嬢たちだよ、
ただしだ、説教は墓地の外、いいね、中じゃダメだ、
糸市場でなんか、どうかな、いいんじゃないかなあ(1)　一五一四

(1) 市役所のすぐ北側に古い屋敷があって、その屋敷の前の道ばたにき

みょうな形をした石が立っていた。「悪魔の屁」と呼ばれていて、「遺言」八八節に示唆されている大学の学生と代官所のお役人衆とが繰り広げた騒動の、これが原点である。境界石だったらしく、「ビル」と発音される綴りで書いていて、それがキリスト教の根本文書集もまた「ビル」と発音される綴りで書かれていた。近代語では「ビブル」である。だから「モノ」はその両方を指していて、その「モノ」にくわしいのだから、ブルエー夫人に不品行な娘たちにお説教する資格を認めてやろうというのがこの一節の趣意。それがいささか図に乗りすぎて、イノサン墓地の裏手のランジェリー市場の売り子たちに狙いを付けたらどうかな、などと余計な世話を焼いている。だから、続く「パリ女のバラッド」へのわたりは「よくさえずるお嬢たち」にあるのではない。「ブルエー夫人のお説教」が、どうやらバラッドのルフランにわたるらしいのだ。

パリ女のバラッド(1)

おしゃべり女はどこのがすごいかって、

フィレンツェの女、ヴェネツィアの女、
なるほど、金棒引きの資格は十分ある、
それが年とってるとくればなおさらだ、
ロンバルド女、ローマ女、これもすごい、
ジェノヴァの女、こいつも保証する、
ピエモンテの女も、サヴォイアの女も、
それがパリ女のさえずりにはかなわない

一五一八

能弁講座をもったらいいのにって、
みんなそういってるよ、ナポリの女、
クワックワッ、クワッて、よく鳴くよ、
ドイツ女に、プロシアの女、
ギリシア女、エジプト女もよく鳴くよ、
ハンガリーだの、いろんなくにの女たちも、

一五二二

一五二六

スペインだ、カタロニアだ、
それがパリ女のさえずりにはかなわない　一五三〇

ブルターンの女も、スイスの女も、かなわない、
ガスコーンの女も、トゥールーズの女も、
プチポンのニシン売り女がふたりもいれば、
みんな口を縫われちまう、ロレーンの女も、
イギリス女も、カレーの女も、　一五三四
これであらかたまわったかな、おお、そうだ、
ヴァランシエーンのピカルディ女もいた、
それがパリ女のさえずりにはかなわない　一五三八

座長よ、ここはひとつパリの御婦人方に、
よろしく能弁の賞はお与えなされ、

イタリア女がどうのこうのといったって、
それがパリ女のさえずりにはかなわない
　　　　　　　　　　　　　　　　　　一五四二

(1) このバラッドにことあげされる女たちは、フィレンツェ女がフルランティーンというぐあいに、その土地の女の人というふうに、またフランス語ふうの表記で書かれている。「注釈」の方では、訳詩文にその表記をそのままカタカナで写し、注釈で解説したが、この一冊本ではその余裕はない。その土地の女性をいまわたしたちがどう呼ぶか。だからたとえばヴェニシァーンをヴェネツィアの女というふうに書くことにした。既刊の小沢書店本、あるいは目下計画中の新版悠書館本に原本のもっている言葉のひびきの美しさをご堪能ください。

一四五
見まわせば、ふたりさんにんとすわっている、

衣服のひだを折りたたんで、ひざをまげて、
ほれ、そこの僧院に、あそこの教会堂に、
女たちに近づけ、いいか、そうっとな、
そうすりゃあ、わかるって、マクルーブだって、　一五四六
こんなご意見、ぜったいい吐かんかった、
耳傾けろ、いいか、なんでも盗み聞きしろ、
なんともビューティフルな教訓だぞ、どれも[1]　一五五〇

（1）「マクルーブ」は四世紀末から五世紀はじめのローマの文人マクロビウス。『サトゥルナリア』という著述で知られたが、これに紀元前一世紀のローマの政治家スキピオの書いた「夢の記」というエッセイを載せた。僭主政と貴族政と民主政がごちゃまぜになっていた紀元前一世紀のローマ社会で「夢で見た国家像」を語っている。ヨーロッパ中世の知識人が「マクルーブ」といえばじつはこれを指していて、『ばら物語』もまた「マクルーブ」への言及から物語を起こしている。「パリ女のバラッド」は表の軽さはじつは仮装で、内実は「国家」「国家の領土」「国際関係」をことあげするバラッド

だった。「マクルーブだって、こんなご意見、ぜったい吐かんかった」はじつは逆説的表現で、寡黙に見える女たちは口のなかで「パリ女のバラッド」をつぶやいているとサンブネのは歌のわたりを作っている。

一五五四

一四六

ひとーつ、モンマートゥルって山のモンに[1]、
なんせこいつは大昔っからの場所なんだ、
丘はどうだ、遺してやるよ、くっつけよう、
いえね、丘って、ヴァレリアンのモンって、
山って呼んでるあれさ、くわえて四半年毎の
免罪符、ローマからもらってきたやつよ[2]、
そうすりゃあ善男善女、おっと、善男ども、

押し掛けるぞ、男子禁制のこの修道院にねえ　一五五八

（1）この一行、「イーテメ・オー・モン・ドゥ・モンマートゥル」と書いていて、ふつうに読むと、これで九音節になる。「イー・テ・メ・オー・モン・ドゥ・モン・マー・トゥル」問題は「トゥル」の読みで、「トゥ」は舌先と口蓋との間で消える。「ル」だが、これは韻文詩のばあい、女韻（リム・フェミニン）は脚韻に数えないという約束事があって、このばあい、「ル」は「無音のe」で留められている。女韻である。だから音は消える。「イーテメ・オー・モン・ドゥ・モンマー」と、めでたく八音に納まった。どうして「女韻」などといっているのか、ですって？　さて、どうしてでしょうねえ。近代になっても、フランスの詩人たちは、この詩法を守っていて、近代どころか、二十世紀の大詩人ポール・ヴァレリーの『海辺の墓地』の、かの名高い十音節詩一行、ふつうの暮らしのなかで読めば「ル・ヴァン・ス・レーヴ・イル・フォー・タンテ・ドゥ・ヴィーヴル」を「ル・ヴァン・ス・レー・イ・フォー・タンテ・ドゥ・ヴィー」と読めという。「風立ちぬ、いざ、生きめやも」これは堀辰雄訳で、「風が起る！……いまこそ強く生きなければならぬ！」これが菱山修三訳。後者は、なんと、昭和十六年十二月十五日に、東京市神田三崎町の青磁社から出版されたポウル・ヴアレリイ詩集

『魅惑』の一篇を作っている。なにしろ昭和十六年十二月十五日ですよ！　風が起こった！　いまこそ、生きることを試みなければならぬと、一億人民、肝に銘じた、その頃合いだったではないですか！

（２）「免罪符」はパードンと書いていて、『パリの住人の日記』の一四四四年の記事に、「ラ・シェール・サンペールの日に」、これは二月二二日にあたる、パリの住人は「サンドゥニのパードンに出かける」のだったが、その前後、お上がコインの触れを出した。使えるコインを制限する触れで、これは「サンドゥニのパードンに出向く民衆にたいそう重くのしかかった」と書いている。また、一四四六年の記事に、サータン・パードン・エ・インドゥルジャンスにあずかろうと、みんなポンテーズに出かけた。ウージェーン法王がくださったパードゥンだと見える。パードンもインドゥルジャンスも、免罪あるいは贖宥の意味で、ローマ法王の権能で信者に罪の赦し(罪の購いの免除）を与えること、またその印としての免罪符。権兵衛は、このポンテーズのパードゥンはローマのパードンのように全贖宥だが、ポンテーズのは二十四時間かぎりなのに、ローマのそれの方は期間がもっと長い。それだけに、というつもりなのだろうか、ローマのそれの方は真に悔いていなければ預かれないと、これは問題の発言だ。ポンテーズのは地方ので、ヴレ、本物ではないといいたげではないか。ローマからおれがもらってきた四半年毎の免罪符などといっているのは、このローマの権威主義に対する反

発か。なお、「遺言」一六節の三行目の「ジャック・カルドン」に付した注(2)の「カルドン」の読みに関する注記の文章が、このばあい、大変参考になると思います。どうぞご覧ください。ローマ法王はカードゥノー（枢機卿）を介してパードゥン祭をひらき、またとじると解説している。いきなり免罪符はパードンと書いていて、九行後にパードゥンと見える。その三行後にもパードゥン。また、一六節の注(2)にパードゥンと書いているとも紹介している。pardon の読みの問題で、トブラー - ロンマッチは pardon で項を立て、百例以上におよぶ用例を引いていて、そのなかにマリー・ド・フランスの『とねりこ』などから一〇個ほど pardun のオルトグラフィーを示している。pardon の拡張形の pardonable についても pardunable の用例を示し、pardone にも pardoune の用例を示している。このケースでは、なにしろ項目には pardone を立てながら、ふたつしか引いていない用例の、そのふたつともが pardoune の形という、おそるべき大胆さ。pardonement にも pardunement の用例が引かれている。もうひとつ、動詞の pardoner に、これもマリー・ド・フランスの『ランヴァル』から pardura の形を示されて、これは一瞬ドキッとさせられたが、ここでもまたクレダに助けられた。クレダの『中世詞華集』巻末の「辞書」に durrai の項目が立っていて、これは durer の未来形、また doner の未来形の方言語法と説明している。pardura は pardoner の未来形で、マリーの詩は「ブルターンのレ」をお手本にしているというのだから、さしずめブル

一四七

ひとーつ、下僕の衆、お女中方は、ですねえ、
いえね、お屋敷の衆で、おれの損にはならん、
勝手に勝手でタルトにフランにグーエー焼いて、(1)
真夜中の大宴会を開きなさるがよろしかろう、

一五六二

ターン方言語法か。閑話休題。そのようなわけで、pardon の読みはパードゥンか。中世語で o は音は u が原則で、pardon はじつははじめからパードゥンなのですよ。トブラー - ロンマッチは、百のうち一〇ばかり、オルトグラフィーとフォノグラフィーが一致しているかのように偽装したかの用例を引き合いに出して、読み手を惑乱させる。片仮名表記となると、これはまた別問題で、わたしは時にパードンと書き、時にパードゥンと読んでみせる。選択はたぶんに気分的なものです。めくじらたてて揃えることもないでしょう。

酒は一升瓶七本や八本やったって、構うもんか、
どうせのことに、御当主と奥方は寝てござる、
宴会終わったら、しーっ！　物音立てないで、
思い出させて進ぜよう、ロバ遊び[2]するんだろう

一五六六

（1）「グーエー」は「ジュエエー」の読みもある。チーズ・タルトの一種らしいが、『テエヴァン』にも『パリの家長』にもレシピは載っていない。

（2）「ル・ジュー・ダーン」と書いていて、イギリス渡りの遊戯に「アーン・サレ」というのがあった。投げ槍の的当てゲームだという。「アーン」は「アーント・サリー」（サラ叔母さん）かららしい。「ロバ」の「アーン」ではない。けれど、どうもこの一節、剣呑な話題だから、もしかしたら「ロバ」の方かもしれないと、こちらの方が人気がある。

一四八

ひとーつ、良家の娘たちにはだ、なんてったって
父さんや母さんがいる、叔母さんだってついている、
たましいかけて、おれはなあんも遺さない、
なんせ、のこらずお女中衆にあげちまった、
すこしだけれど、満足してくれればいいなあ、
ひとっかけの食べ物でしあわせになってほしい、
まずしい娘たちもねえ、いや、ホントだよ、
だから、ジャコピン僧院に姿を消しちゃう

一五七〇

一五七四

一四九

セレスティンに消える、シャルトゥルーに消える、

つましい暮らしをおくってるっていったって、
けっこう、なかまうちじゃあ、たくさんもってる、　一五七八
そうさ、まずしい娘たちに足りないものをねえ、
証人はジャックリーンだ、ペレットゥだ、
イザボーだって、そうだよっていってる、
なんせかの女たち、なんももっていないんだから、
もらったからって、それで地獄に堕ちることはない　一五八二

一五〇

ひとーつ、そこでグロッス・マルゴ(1)に、
その顔かたち姿かたちのたえてうるわしく、
神かけて、誓っていうが、ブルラールルビゴ、

一五八六
おれが誠心の宛先の被造物、おれは
おれの遣り口で、かの女を愛する、
かの女、また同様、愛嬌たっぷりの女だ、
かの女とたまたま出会ったら、どうぞ
このバラッドを読んで聞かせてやっとくれ
一五九〇

(1)「グロッス・マルゴ」と片仮名書きしたのは、「グロ（グロッスの男性形）」は肥えているを意味する。だから「太目のマルゴ」で問題ないとは思うのだが、なにかいきなり決め付けをやっているようで、いささか気が引けたものですから。それに「マルゴ」の方だつて、これで決まったというわけのものではない。プェテー（ポワチエ）の戦いで捕虜になったフランス王ジャンに従ってイングランドに渡った司祭ガースないしウァースが書いた長大な韻文物語『狩猟の楽しみ』に、「マルゴ」という女性の名前は「マロ」と書かれている。文学史の方で司祭ガースにはガース・ドゥ・ラ・ブーインという名前がつけられたが、じつは姓はラ・ヴィーン（ぶどうの木とかぶどう畑とかの意味）、名はガストンだったという伝えもあるらしい。ノルマンディーのカーンの南西三〇キロほどのところ、オドン川のほとりにラ・ビーンという小さな村があることは、ルネ・オワゾンの「フランス地理辞典」で知ったが、そこが問題のこの一族の拠り所だったと推定する、じつはなんの根拠もない。いくつかの本がそのことをあてこすっているようだが。いずれにしてもトブラー・ロンマッチがこのテキストがマルゴをマロと書いているよと教えてくれたので、マルゴ、つまりマルグリットの愛称で、などと下手に解説しない方がいいと思ったまでです。サンブネの詩にもどれば、マルゴの名前が出てくるのはこの八行詩の初行で、三行目が初行と脚韻を踏んで「ブルーラルビゴ」と終わり、「ビゴ」はどうやら英語の「バイ・ゴッド」のくずれだという。「ブルーラル」は「バイ・アワ・ロード」のくずれだという。そうすると「マルゴ」は「マルゴ」でよいようだが、なぜって、英語のオー！、マイ・ゴー！だか、マイ・ガー！だか、なにしろジーの音が強い。もっとも、続くバラッドの第二連の二行目と四行目がマルゴとスルコで脚韻を踏んでいる。オの音で踏んでいると見ればそれでよいのだが、ただ、それほどマルゴのゴの音は強いのか。ここでは、マーコ、スーコと音を合わせるような読み方を要請されているのではないかと気が付いて、マルゴもしやマーコと書いた方がよかったのではないか、スルコもスーコではないのかと、なにか思いが吹っ切れない。

グロッス・マルゴのバラッド

おれが心底あいつが好きで、あいつに仕えると聞いたら、
あんたがた、おれのこと、バカかアホかと思うかい、
これ以上のはない財産を、あいつは持っているんだ、
あいつが好きだからさ、おれはとんと騎士だね、楯だ、剣だ、
客人方がお出でんなれば、おれは大急ぎ、ポットをつかむ、
いえね、酒壺もって、物音ひとつたてず消えるのよ、ポーズ、
お客に水だ、チーズだ、パンだ、フルーツだとサービスする、
オアシをたんまりいただいたらば、よいアンバイでやんした、

一五九四

一五九八

サカリがつきんさったらば、またまたヤリにおいでなせえ、
こちとらもそれなりに宮廷張ってる、この女郎屋(じょろや)でねえ　一六〇二

ところが、どっこい、ちょいとめんどうなことになる、
マルゴのやつめが、オアシいただかずに寝ようもんなら、
おれはあいつの顔が見られんね、殺したいほど憎くなる、
あいつの着てるもん、ひっつかんで、帯をひっぱって、
おおよ、あいつにいってやる、こいつがツナのかわりだ！
あいつめ、両手を腰にあてがって、なんだって、畜生！　一六〇六
金輪際、そうはさせるもんかと、金切り声をあげる、
そこでおれは、手当たり次第、棒っ切れをひっつかんで、
あいつの鼻あめがけて、一発、お見舞いもうしあげる、
こちとらもそれなりに宮廷張ってる、この女郎屋でねえ　一六一〇

とどのつまりはヘイワんなって、あいつめ、でっかいヘイをこく、
ヘッピリムシの毒ガスみたいな、鼻のひんまがる一発だ、
キャアキャアいいながら、おれの頭のテッペンをゲンコでたたき、
イキな、イキなと、おれにいう、おれの太股をひっぱたく、　一六一四

ふたりそろって酔っぱらって、ぐっすり眠る、コマが立ってる、
コマが倒れて、目が覚めると、あいつの腹が鳴る、と、あいつ、
おれの上に乗っかる、なんでかって、腹の子を大事にしてよ、
あいつの下で、おれはうめく、板切れみたようにペッチャンコ、　一六一八

ワラ姫さまにおつとめで、おれはもうヤダよ、ヘトヘトだ、
こちとらもそれなりに宮廷張ってる、この女郎屋でねえ

風が吹こうが雹（ひょう）が降ろうが凍ろうが、おれはおれのパンを焼く、
おれはワラ男よ、放蕩者だ、ワラ姫さまについていく、
どっちがしあわせかって？　おたがい満足してらあね、　一六二三

おれたちゃ、お似合いよ、ワルネズミにワルネコだ、
おれたちゃ、汚辱が好きなんだ、汚辱もおれたちについてくる、
おれたちゃ、名誉ってのから逃げる、名誉のほうも逃げていく、
こちとらもそれなりに宮廷張ってる、この女郎屋でねえ

一六二七

一五一

ひとーつ、いえね、お人形のマリオンと、
大姐御のジャーン・ドゥ・ブルターンに、
学校経営の資格を遺そう、学校って、例のだよ、
なんでも生徒が先生を教える学校だってねえ、
なにしろ、この市、立ってないとこはないんだから、
もっともね、マンの鉄格子んなかはともかくもだ、

一六三一

だからおれはいうんだよ、看板なんか立てなくっていい、
この商売、いたるところで大繁盛なんだから　一六三五

一五二

ひとーつ、ほんと明るいノエだが、ああ、あのノエだ、
なにはさておき、おれはこいつにくれてやる、
刈り取ったばっかりの柳の枝を一束ねえ、
おれの庭でだよ、おれはもう見捨てたんだ、　一六三九
お仕置きもお情けっていうもんだ、お施物だよ、
だあれも、残念になんか思っちゃいない、
一一の二〇倍の鞭打ちを、おれはこいつに遺す、
ヘンリに頼んでくれてやる、おお、くれてやる(1)　一六四三

（1）フォーシェ写本の右欄外余白にクロード・フォーシェの手跡で「ルイ・オンズの時代のパリの首斬り役人。名はヘンリ・クジンといった」と見える。ヘンリはhenryと書いている。サンブネのも、フォーシェも、そう書いている。近代はこれのフォノグラフィーを「アンリ」とする。わたしは一貫してこれを疑ってきた。なんと、続く一五三節に、わたしの疑いをもっともだとする語例が見える。いささか変則的だが、ここの注記でご説明しよう。わたしのいう語例というのは、「オテル・ディユー」と「施療院」の原語の「ホスピトー」だが、後者はhospitaulxと書いている。異本はない。前者はostel dieuと書いている。こちらも異本はない。オストディユーないしウストディユーだが、慣例として「オテル・ディユー」の読みを与える。hospitaulxだが、ロンマッチは（トブラー - ロンマッチは十九世紀のトブラーが集めた文例を基に二十世紀のロンマッチが編集した辞書です）この語と、その類語のhではじまる語例をすべてhをはぶいたかたち、だからhospitaulxではなく、ospital（見出し語をこうとっている）を見よと送っている。そこでhに始まる語彙をふくむ第四巻を書架にもどし、oに始まる語彙を含む第六巻を引きずり出してospitalの項を見ると、これがなんとも戸惑わさせられる。概算二七ほど集められた用例のうち、三分の二、つまり一八例がhに始まる語彙なのだ。大先達アドルフ・トブラーは、辞

書編集人たるものはウォルトゲシュタルト（語のかたち）についてだけではなく、ラウトゲシュタルト（音のかたち）にもまた意を用いなければならないと述べた。いま後輩のエアハルト・ロンマッチは、この先輩の忠告をどう聞くか。

一六四七

一五三

ひとーつ、わからんなあ、オテル・ディユーにはなにがいいか、
あっちこっちの施療院に、なにを遺したらいいか、
デタラメをいってる時かって、そんな場合かって、
貧乏人はたいへんな不幸をしょってるんだからねえ、
みなさん、差し入れなさるのはニンニクぐらいなもんだ、
そういや、乞食僧どもめが、おれのガチヨウをもってったよ、
じっと待ってりゃ、その骨ぐらいはくれるカモね、

細民には、ほれ、ビタ銭っていうからねえ　一六五一

一五四

ひとーつ、わたくしめのなじみの床屋に遺しまするは、
名前は、なんだか、クーリン・ガレルンっていうんだが、
薬種屋のアンジェロんとこのすぐ隣で店やってるんだが、
でっかい氷のかたまり、どこでとったって？　マルンよ、　一六五五
ぬくぬくと冬を過ごせるようにねえ、バッチリだ、
胃におっつけるといいよ、しっかりとねえ、
冬にこんなふうに手当しとけばだ、マジにだよ、
来年の夏はあつ〜く過ごせるってもんだ、どこでかって？(1)　一六五九

一五五

ひとーつ、拾われたこどもらには、なんにも
遺さんが、迷える子らの方には慰めが必要だ、
こいつら、拾われるにきまってるって、ほんと、
お人形のマリオンんとこによ、そうよ、当然だな、

一六六三

(1)「クーリン・ガレルン」はプチポンをシテ島に渡ったその先に店を出していた床屋で、近くのサンジェルマン・ル・ヴィュー教会の世話役をしていた。その教会の筋向かい、プチポン寄りの河岸の一角を占めていたのが「オテル・ディユー(施療院)」で、だから一五三節から一五四節への「わたり」はクーリン・ガレルンの名前にあった。「ガレルン」は普通名詞では「北西の風」を意味する。むしろ「ジャレーン」と発音されていたと思われる。サンジェルマン・ル・ヴィュー教会やクーリン・ガレルンの店のある一角はオテル・ディユーから北西の方角にあたる。

おれの学校の教科書を、おれのだぞ、ひとくさり、
こどもらに読んでやるか、ほんの短いもんだ、
こいつら、頭はかたくないし、バカじゃない、
まあ、聞けって、ここんとこが最後のとこだ

一六六七

一五六

こどもらよ、きみらはなくすことになるぞ、
いまを盛りの帽子の飾りのきれいなバラを、
おれの生徒たちよ、とりもちにかかったな、
いいかい、モンピポーに出掛けるんならだ、
ルエーだってだ、身ぐるみはがれんようにな、[1]
そこにはまりこんで、たのしくやろうって、

一六七一

なんとかならあね、賭け増しでって考えて、
クーリン・ドゥ・ケウーは、身を滅ぼした

一六七五

（1）モンピポーはオルレアンの西、ビュシの森の西南の一郭がモンピポーの森と呼ばれている。十一世紀の末に家が立って、アンシャン・レジームまで続いていたという古い家柄の領地がそこにあった。ルエーはパリのすぐ西、モン・ヴァレリアンの山陰にあった、小さいながら王城の城下町。現在のリュエイユ・マルメゾンにその名を残している。ともにそこにあった賭場をいっている。

一五七

いいか、三文銭の遊びじゃあないんだ、これは、
肉体がかかっている、おおよ、魂だって危うい、
身を滅ぼせば、そうだよ、後悔先に立たずだ、

そんなんで、恥辱のうちに、死ぬことになる、
勝ったところで、妻にめとれるわけじゃない、
いいや、カルタゴの女王のディドーの話[1]だが、
男ってものは、まったく愚かで、恥知らずだ、
儲けは少ないのに、なにしろ大きく賭けたがる

一六七九

一六八三

(1)ディドーはフェニキアのさる王家の娘で、わけあってヌミディアにわたり、その土地の王イアルバスから土地をゆずられ、町を建設した。カルタゴのはじまりである。イアルバスに結婚を迫られ、亡夫に操を立てて火葬壇の炎に身を投じて自裁した。これがディドーの古伝承だが、それにトロイの落ち武者アエネアスの伝承が付加され、ディドーが自裁したのはアエネアスに裏切られたからだという新伝承が作られた。『カルミナ・ブラーナ』も『ばら物語』もこの新伝承の方に肩入れしているというのに、サンブネのは知らん顔をしている。そこがおもしろい。

一五八

だから、まあ、いいから、みんな、聞けって、
こういうじゃあないか、真理だよ、これは、
大樽を、一滴残らず、あまさず飲み干す、
やっつけよう、冬には炉端で、夏には森で[1]、　一六八七
カネがあるからって、カネが増えるわけじゃない、
カネなんて、早いとこ、使っちまうにかぎるって、
だれがいったい、きみらを相続すると思うんかい、
まあ、悪銭身につかずっていうじゃんか　一六九一

（1）キケロの『老いについて』から「したたり落ちるほどのわずかな飲料が夏の涼しさを呼び、冬の太陽であり、火である」を踏まえている。逆説的な本歌取りである。

教訓のバラッド

ブルって、にせの免罪符を売り歩くやつ、
ピプーって、サイコロばくちのイカサマ師、
にせの寝型だ束だのん細工人、炙られるぞ、　一六九五
にせがね作りは大鍋で煮られるんだ、
裏切者、偽誓者、信義にもとるやつ、
ならず者、おおよ、ひったくれ、強奪しろ、
それがだ、儲けはどこへいく、どう思う、
ひとつ残らず、そうよ、酒場へ、女たちへ　一六九九

リーム、ラール、シンバル鳴らせ、笛吹け、

阿呆みたくに、厚かましくって恥知らずで、
ファルスやれ、ブルールやれ、フルートやれ、
ヴィルでやれ、シテでやれ、どこででんやれ、
ファルス、ジュー、ムーラリテ、なんでんやれ、
丁半で稼いで、歌留多でとって、九柱戯で負かして、[1]
いっくら儲けようが、だ、まあ、聞けって、
ひとつ残らず、そうよ、酒場へ、女たちへ

一七〇三

一七〇七

(1)「リーム」はリーメしろ、詩を書け、「ラール」はべらべらしゃべれということで、なんのことはない、香具師稼業のすすめだ。サンブネのが書いた『形見分けの歌』が本屋の店頭に平積みになっている。それがあんまり売れないものだから、新本古書扱いということで、香具師のなかまが屋台で叩き売りにかけている。そういう風景だ。ファルスシンバル叩いたり、フルート吹いたりして帽子をまわす。ファルスは道化芝居で、ブルールは、これはややっこしいが、なんとか仮面仮装の活き人形芝居と読み解ける。ヴィル、シテといっているのは村、町のことで、ファルス、ジュー、ムーラリテといっているのは、

全体ジューでくくって、道化芝居の種別である。丁半、カルタはよいとして、九柱戯だが、これはボーリングで、ただし、棒の方を投げて遊んだのだという。

こんな汚い暮らしから、そうだ、身を引きな、
はたらくんだ、牧場で、鎌にぎって草刈って、
馬やロバの世話をして、飼い葉をやって、
仕事がよくわかってないからといったって、　一七一一
けっこう稼げるよ、分をわきまえなって、
麻葉や茎をつぶして糸をとる仕事をやるんなら、
そうやってはたらいて稼いだ分だ、貢ぐなよ、
ひとつ残らず、そうよ、酒場へ、女たちへ　一七一五
靴とか、金具付きの紐で締める胴衣とか、

上衣もそうだ、着ているものぜんぶ、だって、
もっとワルイことしたいんだろ、もっていけ、
ひとつ残らず、そうよ、酒場へ、女たちへ

一七一九

一五九

おまえたちに話しているんだぞ、遊び人ども、
病める魂に、健康なからだ、だがね、
おまえたちみんな、日焼けには気いつけな、
そいつは死んだ人間を焼いて黒ずませる、(1)
そいつは避けることだ、なにしろ死病だ、
なにがなんでも、そいつにはかかずりあうな、
神かけて、後生だから思い出してくれ、

一七二三

時がくれば、いずれおまえたちも死ぬのだ　一七二七

(1) モンフォーコン刑場に吊される羽目にならないよう気いつけな。太陽がおまえさんたちの身体を乾かし、黒ずませる。

一六〇

ひと一つ、おれはクィンズヴィンに遺す、
そう呼びたいんなら、どうぞ、トゥルエサンって、
プルヴィン、じゃあなくって、パリのだ、(1)
つくづく思えば、あいつらにおれは借りがある、
かれらは入手するであろう、おれは同意する、　一七三一
でっかいおれのメガネをねえ、ただしメガネ入れなし、
それが、レジノッサンで見分けられるようにねえ、

見分けるって、金持ちと、そうじゃないのをさ　一七三五

(1)クィンズヴィン(近代語の発音でキャンズヴァン)は一五×二〇で会員三〇〇人ということで呼び慣わされた団体の呼称。だからトゥルエサン(三〇〇)と呼んでもいいよとサンブネのはふざけている。サントノレ門の脇に広壮な邸館を構え、ローマ法王庁とフランス王家筋から手厚い保護を受ける盲人の特権団体だった。これがプルヴィン(プロヴァン)にも支部があったように書いていると誤解を招きかねない言い回しをしているが、これは「ポントゥエーズのそばのパリ」(四行詩「クァトラン」)と同じレトリックで、「プルヴィン、じゃあなくって、パリのだ」とサンブネのはていねいに紹介しているのである。プルヴィンはパリの東南東八五キロほどの町だが、どうしてプルヴィンか。それこそポントゥエーズでもいいようなものだが、ただ、そうすると、パリとポントゥエーズと、頭韻はあっているが、初行の「クィンズヴィン」と脚韻があわない。だからプルヴィンか。

一六一

ここには、もはや、笑いはない、あそびはない、
いったいなんだったか、カネがあった、そんなことが、
豪勢な大寝台で、ゆるゆると寝た、そんなことが、
腹ふくれるまで、酒を飲んだ、そんなことが、
ダンスだ宴会だとお祭りやった、そんなことが、
ホイホイ駆け出してあそびまくった、そんなことが、
そういった悦楽すべては終わりになってしまって、
そういった悦楽にふけった罪だけがあとに残る

一七三九

一七四三

一六二

ドクロだらけだ、つくづくと、おれの見るところ、

なんとねえ、山のようだぞ、納骨堂がいっぱいだ、
ルクエートの旦那衆だった、お世話になったろうが、
見ろよ、こっちのはシャンブロ・ドゥネだった、　一七四七
そっちのはみんなポルトパネだった連中のだねえ、
どいつらがどいつらだったか、おれにはいえる、
それがだ、司教屋（しきょうや）だったか提灯屋（ちょうちんや）だったか、
こいつばかりはどっちがどっちか、おれにはわからない(1)　一七五一

(1) ルクエートは王家財務府の職場のひとつで、請求を受けて財務審査する役所。シャンブロ・ドゥネは王家大番頭の指図のもと、カネを支出したり帳簿をつけたりする。ポルトパネは籠担ぎと訳そうか、賄を担いで王家財務府に集まる業者たちをいう。このドクロ、あのドクロがどいつらだったか、それは分かる。分からないのはヴェッシェとヴェッシでと、司教と膀胱の呼び名の音が通うというので、サンブネのはおもしろがっている。ヴェッシはランターンと互換性があるというので提灯屋。

一六三

こいつらされこうべ、生前、頭をペコペコしていた、
こいつらがあいつらに、あいつらがこいつらに、
こいつらが、あいつらが支配していた、あいつらに、
こいつらに、おそれられて、かしづかれて、いまは、　一七五五
こいつらもあいつらもない、なにもかも終わりだ、
ひとつ山に集められて、いっしょくたにされて、
領地だ屋敷だなんていったって、もうそんなのない、
クレーだの、メートゥルだのと呼ばれることもない(1)　一七五九

(1) メートゥルは王家財務の役所の役人を指している。とくにシャンブロ・ドゥネのメートゥルはクレー（書記）とも呼ばれた。なお、クレーはclercと書いている。「形見」一三節に「パールマンの、ク

レーといえばクレーだが、」と見えるが、これはpovre clergon en parlementをこう訳したので、プール・クレージョン・アン・パールマンと読むが、このケースでもclerと、しっかりrエールはついている。それがclercをクレールと、二音節に読んだのでは、計算が狂う。一行八音節のしばりはきつい。実際、エールは喉の奥で消える。問題は日本語の片仮名表記である。こういうケースでは、ルを小文字にする向きもあるが、どうしてまた、そんなにエールにこだわるのか。

一六四

いまは死んでいる、神よ、かれらが魂をお持ちあれ、
肉体について申しますれば、そいつらは腐っている、
むかしは領主だった、奥方だったといったって、
大事大事に、真綿にくるまれ、絹布につつまれて、
パン粥、ムギ粥、コメ粥で育てられたといったって、

一七六三

それが、なんとねえ、いまは骨まで塵にかえっている、
あそびも笑いも、いまはお呼びじゃない、なんになる、
おやさしいイエスさま、かれらの罪をお赦しあれ

一七六七

一六五

かれら死んだものたちにおれはこの形見分けを遺し、
生き残るものたちに、かれらが余徳を蒙らせよう、
ノートルダムや宮廷、また役所を宰領なさる方々、
不正の貪欲をあきなく憎むあのお歴々にということで、
このお方々、公事にあたって、なにしろ専心に、
なにしろ身を砕き、骨を粉にして尽くしてくださる、
神さま、お赦しを、サンドミニックさま(1)、お願いだ、

一七七一

赦してやってください、この方々の薨りましょうとき　一七七五

（1）ドミニコ修道会のジャクーピン修道院を暗喩している。サンブネの司祭のばあい、托鉢修道会諷喩はジャクーピンについて猛烈だ。サンブネノートルダムとジャクーピン（近代語でジャコバン）と、サンブネのはここに年来の仇を迎えてごくりと喉を鳴らしている。

一六六

ひとーつ、ジャック・カルドン（1）にだが、
どうもねえ、ちょうどってのがないなあ、
いえね、あいつを見捨てたわけじゃあない、
まあ、女羊飼いの小唄、こんなところかな、
マリオンちゃんの節で歌うといいよ、ほら、　一七七九

一七八三

マリオン・ラポータルドの歌さ、あれさ、
ギーメット、戸をあけとくれ、でもいいな、
ピリッと辛いこの小唄、マスタードがよく合う(2)

(1)これはまじめな話だが、ジャックが前の小歌からのわたりかもしれない。なにしろジャクーピンはサンジャックのお坊さま方という意味なのだ。なお、ジャック・カルドンの名前の読みだが、カルドンかカードゥンかについては「形見」一六節の注(2)をご参照。ジャックだが、ここでは写本三本とルヴェ本、共通してjacquetと書いている。それが「形見」の方はjacquesで、近代語の人名のジャックがまさにその綴りなことから、jacquetはjacquesのヴァリアントと勝手に読んでそのままにしていた。それが、いま、あらためて「形見」一六節三行目を見直せば、なんと、ヴァリアントにjacquet(B)と見えるではないですか。ベーエヌにあるベー写本はjacquetと書いているということです。このオルトグラフィー、ジャケと読めないことはない。まあ、しかし、トブラー - ロンマッチもグレマも、jacqueで項を立てていて、jacquesないしjacquetのオルトグラフィーがジャケのフォノグラフィーを引き出すとは示唆していないし、また、その用例も拾っていない。どうやらjacquesな

いしjacquetはジャックでよいらしい。
（2）ピーター・デイルはこの一行「こいつはマスタード・パイのかわりになるトリムな曲だ」と訳している。

女羊飼いの小唄

なんとかかんとか、牢屋から生きて出られた、
なんせ、あやうく命を落とすとこだった、
それが、運命女神め、気にくわないって？
おおよ、どっちがまちがってないか、裁いてくれよ

おれ、思うんだが、ここんとこは、ドウリ見ても、
あっちがたふらくやって、満腹したはずなんだ、

一七八七

なんとかかんとか、「牢屋から生きて出られた、
なんせ、あやうく命を落とすとこだった」

一七九一
もしもだよ、運命女神め、てんから没義道に、
ぜがひでも、おれの命を召し上げようっていうんなら、
神さま、お願いだ、強奪されちまったおれの魂を、
どうぞあんたの家に置いてやっておくれでないか

一七九五
なんとかかんとか、「牢屋から生きて出られた、
なんせ、あやうく命を落とすとこだった、
それが、運命女神め、気にくわないって？
おおよ、どっちがまちがってないか、裁いてくれよ」

一六七

ひと一つ、メートゥル・ルメーはご婦人方に、
いいか、妖精の眷属たるこのおれさまの遺言だぞ、
愛されなさい、それにはだ、どっちを愛そうか、
頭むきだしの娘か、帽子をかぶったご婦人か、　一七九九
そう、そんなこって頭を熱くしちゃあいけん、
クルミ一個ももらえんからって、いいじゃんか、
一晩に百回も、お説教垂れてみせなさいって、
さすがのデーンのオージエもバヌーのには負ける(1)　一八〇三

(1) バヌーのといっているのはメートゥル・ルメーはパリの南のバヌーの教会の司祭だったらしいからだが、ノートルダムの参事会から委嘱されて、シテ島のライオンとクマの看板絵の娼家の女たちを更生させようと（いいえ、つまりバヌーのの側から見れば）お説教に熱弁を振るったのだという。お説教とわたしが訳したのはラ・ファッ

フェだが、これは読みが定まらない。ファルス（道化芝居）に出るラ・ファンファというのと同じだとする意見もある。これだと女とヤルことを意味することになり、この方が人気がある。いずれにせよデーン人オージェ伝説とのからみで、どうぞ「注釈」をごらんになってください。

一六八

ひとーつ、恋わずらいのおふたりさんに、
アラン・シャルテ先生の歌じゃあないけれど(1)、
夜毎かわす両人の枕辺に、嘆きの涙を
いっぱいにたたえた、玉の聖水容器を、
またたおやかなノバラの小ぶりの一枝を、
かわらず緑の、これを灌水器に使いなさい、
恋人たちがお祈りを唱えられますように、

一八〇七

祈っておくれ、あわれなヴィオンが魂のために

一八二

（1）「シャルテ」はchartierと書いていて、三写本、ルヴェ本ともそろっていて、ただし、ルヴェ本はcharretierとエール字をひとつよけいに重ねているが、これを、しかし、「シャルチエ」と読むのは近代の作法で、それでも、しかし、chaをシャぐらいの読みは認めていいのではないか。だれしもがそう思う。なにしろ十五世紀にはシャルル王が三人も出たし、ブルグーン家にもシャルル・ル・テメレールが登場したではないか。それが、しかし、九九節の「グィオーム・カルオ」に注記したように、たとえばcharuauをシャルオの読みはなんら時代のものではない。トブラー - ロンマッチが拾った用例の内にはquerue, kierue, karueといったオルトグラフィーが見える。querueは、なんと十五世紀の用語集に出るという。charteという語がある。トブラー - ロンマッチはこれをchartreの見出で出して、その見出のすぐ横にcharteと書いている。これは異本はcharteだという意味だが、それが一七ほど引かれている用例の内にこのオルトグラフィーは見つからない。chartreという語があって、テキストはchartreとかcartresとかいろいろに書いているが、なかにcartesという用例があって、これは十二世紀末に書かれたと見られる『デーン人オージェの武勲』に出るが、これだ、これがchartre

のフォノグラフィーを示している。すなわち「カルト」だといいたくて、御両所はcharteを異本としたのだろう。冥府の川の渡し守カロンはcharonと書くようだ。chaosはそのままカオスと発音される。charlesはもとよりゲルマン語のkarlからである。いつ、どこで、karlはシャールの音を獲得したのか？

一六九

ひとーつ、メートゥル・ジャック・ジャムにだが、
なんせ粉骨砕身、財産造りにけんめいなようだから、
女たちと結婚の約束はしてよろしい、約束はね、
好きなだけ、だけど、財産、なんにも分けてはダメ、
だれのために溜めてるのかって、家族のためよ、　一八一五
なんせ、自分で食べるのは一口でももったいない、
牝豚のものは、おれがいうのは牝豚通りにあるものは、
そうだよ、当然、豚ども全員のものってことだねえ　一八一九

一七〇

ひとーつ、獅子鼻のセネシャルだが、やつは
一度おれのツケをきれいにしてくれたから、
お返しといっちゃあなんだが、マレシャルに
してやろう、ガチョウやコガモに蹄鉄をはかせなさい、　一八二三
あわせて次なる節に戯れ歌を書き送るのは、
やつの憂鬱をはらってやるためよ、けどね、
そうしたいんなら、ツケ木のかわりにすりゃあいい、
じっさいの話、いい歌ってわずらわしいものなんだ(1)　一八二七

（1）この小唄は次の一七一節と連節で、獅子鼻のセネシャルは、ハダシ

で、歩いて逃げださなくちゃあなんないかもしれない夜警隊長の対抗馬で、夜警隊長職は裁判にかかっていたのである。しかし実際に夜警隊長、やってる方が強いわけで、サンブネのは獅子鼻のセネシャルに、やっこさんは強い、だからあんたはせめてマレシャルにしてやろう、ガチョウやコガモに蹄鉄をはかせなさいと、慰めの言の端を書き連ねているのである。マレシャルは厩舎番頭から王軍司令まで職の内容はひろがるが、ここでいっているのは厩舎番頭である。

一七一

ひとーつ、シュヴァレ・ドゥ・グエ、夜警隊長に、
かわいい小姓をふたりも遺してやろう、だれって、
フィルベルと、ほら、あのふとっちいのマルケだ、
こいつら、なにしろよく仕えた、いや、知恵者だ、
人生ほとんどまるまるねえ、いや、よくまあねえ、

一八三一

だれにって、ほれ、プレヴォ・デ・マレショーよ、
さて、そこでだ、三人そろってクビになったらだ、
ハダシで、歩いて逃げ出さなくちゃあなんないぞ(1)

一八三五

(1) 夜警隊長はシュヴァルレ、騎士であることを要件とした。ところがここに裁判沙汰を起こしていたふたりはどちらも騎士ではなかった。そこのところがまたおもしろく、最後の二行がそのことにかかわる。騎士は馬で行動する戦士である。おもしろいことにマリー・ドゥ・フランスとかクレスティエン・ドゥ・トゥルェなどの騎士道物語を見ると、まだ騎士はその程度の認識である。身分集団として自己定立していない。サンブネのの時代には身分になっていたといっても、この二行に描かれたシュヴァルレのざまはなんだろう。靴はいて馬に乗るのだけが騎士かよ、とサンブネのは突き放しているようだ。

一七二

ひとーつ、シャプランにおれが遺すのは、
おれの礼拝堂、なにね、平の司祭のだけど、
ただ経文を読むだけだ、ご聖体はいただかん、
ミサのまるごと司祭はお呼びじゃないってこと、　一八三九
なんならおれの司祭禄、やってもいいんだが、
やつは魂のめんどう、見たがんないからねえ、
ザンゲきいてやるって、関心ないね、そういってる、
お女中衆とか奥方連ならはなしは別だがってねえ[1]　一八四三

（1）おれは礼拝堂付き司祭だと雄弁に証言している。このおれが作中の主人公「フランソワ・ヴィヨン」であるわけはない。サンブネの司祭グィオーム・ヴィオンは自分自身を自虐的に観察している。

一七三

おれがやりたいことを知っているのはこのおれなんだから、
ジャン・ドゥ・カレー、尊敬すべき男だ、かれに、
かれは、ここ三十年がとこ、おれに会っていない、
おれがいま、どう名乗っているか、知っていない、　　一八四七
この遺言書全般にわたって、もしもだれかが、
なんだこれはと、苦情を申し立ててきたならば、
リンゴの皮をむくように、問題の条項を削除する
権限を、そうだよ、きっぱりとおれはかれに遺す(1)　　一八五一

(1) 二行目の「かれに」を最終行が「かれに」とくりかえす。なんともマニエリスティックな詩法で、だから初行冒頭のプースク（なんだから）の意味取りが可能になる。ジャンはサンブネの青春時代の文学同人である。一四三〇年の陰謀事件以来、かれとは三十年会っていない。一四五六年におれは『形見分けの歌』を出版して、作中、

おれの名前も出しておいたが、まあ、かれは見てくれなかったろう。だからかれはおれがいま、どう名乗っているか、知っていない。「知っていない」とみょうな具合に訳したのは、初行の「知っている」に合わせたわけで、初行のは一人称、ここのは三人称。

一八五五

一七四

遺言書に注釈をほどこす権限をかれに遺す、
これはこうだと決めて、そう人にいうこともできる、
少なくしたり、増やしたりすることもだ、なにをって、
キャンセルしたり、ナシにしたりすることもだ、
ご自分の手で、書く手をもたんって、そんな、
解釈をくわえ、意味はこうだと決めることもできる、
よくなろうがわるくなろうが、お好きなように、

このことすべてに、おれはまったく同意する　一八五九

一七五

そうして、いつかだれだか、おれの知らんお方が、
死から生へとむかうことになる、そういうばあいを
慎重に考えて、おれはかれにその権限を与え、
そのばあい、受遺の順位が正当に引き継がれるよう、　一八六三
結果、よいかたちで受遺の順序が守られるよう、
件の施物の授遺物が別人の手に渡ることをのぞむ、
魔が差して、自分のものにしてしまおうかと、
思うことがあるとしても、おれはかれの良心を信じる　一八六七

一七六

ひと一つ、おれはサンタヴェに定める、
よそではだめだ、おれの墓場はそこだ、
だれでもが、おれがおれだと見えるように、
生身のおれじゃあなくって、絵でってことで、　一八七一
おれの肖像画をだ、しっかり描いてくれ、
インクでな、あんまし費えがかからんようだったら、
墓石か、墓石はいらん、かまわん、気にはせん、
なんせ墓石は重いからなあ、床がもたんよ(1)　一八七五

(1) サンマーティン大通りのサンメリ教会の裏手に設けられた女性の共住施設。階上に礼拝堂が置かれていて、サンブネのはそこのところをからかっている。墓碑はいらんという。床にインクで肖像を描け

ばそれでよい。ただし碑文はこう書いて欲しいと次節につなげる。

一七七
ひとーつ、おれの墓穴のまわりに書いて欲しい、
いいか、こう書くんだぞ、ほかの話はいいから、
思いっきりでっかい、太い字で書いてもらいたい、
なんだって、字を書くもんをもってないって、　　一八七九
なんでもいいよ、炭だって、黒石だっていいさ、
ただしだ、まわりの壁を傷つけんようにな、注意してな、
そうすりゃあ、おれを思い出してもらえるってもんだ、
あいつぁ、気のいいお調子もんだったってな　　一八八三

一七八

この階上に横たわり、眠るは、
恋愛神のその光線もて倒せし、
まずしく、卑小なる一学徒、
その名フランスエ・ヴィオン、
土地は、畝溝一筋だに所有せず、
全て人に与えしこと、実証なり、
卓子板に台架、麺麭に小籠、
遊冶郎ども、これが唱歌を唱せよ

一八八七

一八九一

唱歌

永遠の安息を、この者に与えよ、
主よ、はたまた無尽の光明を、
この者、かつて上物は皿も鉢も、
パセリの新芽の一本だに所有せず

一八九五

頭、髭、眉毛を剃られちまって、
皮を剥かれたカブラのごとし、
永遠の安息を、「この者に与えよ、
主よ、はたまた無尽の光明を」

厳格、この者を所払いに処せり、
尻にフライパンの叩きを与えたり、

一八九九

いったのにねえ、上訴だって、
この言、あに狡猾にあらざるか

永遠の安息を、「この者に与えよ、
主よ、はたまた無尽の光明を、
この者、かつて上物は皿も鉢も、
パセリの新芽の一本だに所有せず」

一九〇三

一七九

ひとーつ、ガンガン鳴らしてもらいたい、
いえね、あのガラスまがいの大鐘[1]をねえ、
心臓ちぢんで震えあがっちまうってもんだ、

そうよ、ガンガンやりだした日にはねえ、
ずいぶんときれいなくにを救ったもんだ、
いまはむかしの話、だれだって知ってる、
兵隊がやってきた、雷だってときの話、
大鐘の音に、わざわいはすべて停止した

一九〇七

一九一一

(1) パリのノートルダムの北塔に八トンの大鐘が吊されていた。王家大番頭ジャン・ドゥ・モンタグが寄進した鐘で、その妻の名をとってラ・ジャクリーンとニックネームをつけられていた。それが一四二九年にひび割れが見つかった。一四三四年、一四五一年にも修繕を要する状態になった。大鐘は「ガラスまがい」だとみんなが噂した。

一八〇

鐘つきにミシュ(1)を四つあげよう、パンだよ、
足りなかったら、半ダースじゃあどうだ、
どんな金持ちだって、そんなにはくれないよ、
ただしだ、こいつはエスティエン聖人のパン(2)だ、　一九一五
ヴーランは苦労を背負い込んでいる男だから、
鐘つきのひとりにしてやろう、おれがみるにだ、
やっこさん、それで一週間はしのげるだろうよ、
もうひとり？　ジャン・ドゥ・ラ・ガルドかな　一九一九

(1) ミシュはゲルマン語からで、ラテン語の方からきたパンに対応する。フラマン語のミッケとの関係を疑う人もいる。

(2)「使徒行伝」に出るステパノのことで、イエスの死後、ユダヤ教徒に立ち向かい、石を投げつけられて殺された。最初の殉教者の聖人とされる。だからここは「石ころみたいにかたく、ちっぽけなパン」。

一八一

おれが遺志はきちんと実行してもらいたい、
そこでおれはおのれが遺言の執行人を名指す、
名指されてしかるべき方々で、方々に債務の
扱いをゆだねた人たちから文句の出ない方々だ、
おれがいうのは高慢ちきではないってことで、
それにオカネをたくさん持っている、南無三宝！
おれが遺贈をきちんと管理してくれる方々だ、
書きとめろ、いいか、六人、名前をあげるぞ

一九二三

一九二七

一八二

まずはメートゥル・マーティン・ベルフェ、
これは代官所の役人、刑事課のやり手だ、
お次はだれかって？　考えてるんだが、
クールンボー氏かなあ、いえね、もしもだ、　一九三一
お引き受けいただければ、この方でよければ、
まあ、この役、そつなくおつとめだろうがね、
それからだれかって？　ミッシェル・ズベノー、
この三人はきまり、ぜひともお願いいたします(1)　一九三五

(1)同時代史料に同定できそうな人物を捜すと、マーティン・ベルフェは一四三〇年代初頭の生まれで、代官所役人の若手らしく、あとのふたりはサンブネのと同世代の政商であり、王家役人であったらしい。この三人を結ぶ縁はなにか。ついに分からない。

一八三
ただし、このお三方が逡巡なさる、いえね、
保証金の供託を気になさってということで、
引き受けられないとハッキリおっしゃる、
そういう場合を考えて、以下、名前をあげる方々も、
執行人に指名する、とてものカネ持ちだ、お三方とも、　　一九三九
フェリップ・ブルノー、立派な領主の家筋だ、
ほかにはって、そうだ、この方がすぐの隣人の、
そうだよ、メートゥル・ジャック・ラグエ(1)　　一九四三

(1) パリのオルリー空港のすぐ南で西からイヴェット川がセーン本流に合流する。イヴェット川の下流域にグリニー領主領が形成されていた。合流点のセーン河畔にグリニー村があり、その記憶を遺している。フェリップ・ブルノーはそこの領主だった。イヴェット川を四リューさかのぼったところのオルセーにまたもうひとつ領主領があっ

た。ジャック・ラグエはそこの領主だった。リューは四キロメートルで、中世の領主領の標準は半径二リューで円形を作る。ふたりは「隣人」だったのである。

一八四

もうひとり？　メートゥル・ジャック・ジァム、
お三方ともカネ持ちで、名のある方々だ、
おのれが魂の救いに熱っぽく心を燃やし、
われらが主なる神をおそれること一方ならず、　一九四七
すすんで所有物を投じようとなさるでしょうよ、
この遺言が成就されない羽目になろうなら、
お三方には監査役はいらない、必要ない、
お好きなように、どうぞ、切り分けてください　一九五一

一八五

代官所に遺言係の役人がいるって聞いてるが、
おれの遺言を見せても、なんもわからんだろう、
それがだ、若い司祭がいて、こいつにはわかる、　一九五五
そいつの名はトマ・トゥリコっていうんだが、
おおよ、やっこさんの払いで飲みたいもんだ、
コルネットをとられちまう羽目になろうがだ、(1)
大将、玉あそびができるっていうんならだ、
トゥルー・ペレットを紹介してやろうじゃんか(2)　一九五九

(1) このあたり、サンブネのの思考回路はかなり屈折していて、飲みたいものだ、かれのおごりで、まあ、おごりじゃなくても、割り勘で、

その結果、おれのコルネットが飲み屋のツケのカタに入ることになるとしても。ちなみにコルネットはよく分からない。オーギュスト・ロンニョンは、十六世紀には医師やコレージュ・ド・フランスの教授たちが頸にかけていた、地面にまでとどこうかというほどに長大なシルクの飾り帯がこう呼ばれていたが、サンブネのが示唆しているのもこの種のものだったかどうかと自問自答している。

(2) たぶん玉あそびの小屋かなんか、そういった所を指しているのだろうと、これは十六世紀の人文学者クロード・フォーシェが「フォーシェ写本」の欄外余白に書き付けた意見でして、二十一世紀のいまにいたってもいぜん景色は晴れない。

一八六

ローソクの灯りの件だけど、そうだねえ、
グィオーム・ドゥ・ルだ、かれにまかせよう、(1)
汗拭きひろげてもってくのはだれの役かって、

もういいよ、その件は執行人にまかせるよ、
こんなに痛むなんて、いままでなかったぞ、
髭とか、髪の毛とか、下の毛とか、眉毛とか、
うずきがせつなくて、時がきたんだなあ、
皆の衆に、おれはお慈悲を乞いもとめる

一九六三

一九六七

（1）教会堂に安置された柩のまわりにともされるローソクの灯りのこと。グィオーム・ドゥ・ルはぶどう酒商い。どうしてローソクの仕事がぶどう酒商いにまかされるのか。ホイジンガがおもしろい。オリヴェ・ドゥ・ラ・マルシュのテキストに見つけた論建てがおもしろい。論建てというか、これぞ中世人のリアリスティックな発想で、宮廷の内務職についての話で、なぜ果物係が「蝋の職務」、すなわち照明の仕事を兼ねるのか。それはだな、ロウはミツバチが花から吸い集める。その花は果物をみのらせる。だから、このことは正しく、かくは決められたのである、とオリヴェは思慮深く答える。もしかしたら、サンブネの司祭のリアリスティックな発想は、ぶどう酒に酔っぱらったミツバチの群れを見ているのではあるまいか。ちなみに中世ヨーロッパでは、ローソクは蜜蝋から作る。なお、グィオーム・ドゥ・ルの

日本語表記はむずかしい。guillaume du ru と書いていて、de ru ではない。de ならば、索引項目に立てるばあい、ル、グィオーム・ドゥと書けばよいが、du は de le の約で、書き直せば guillaume de le ru グィオーム・ドゥ・ル・ルである。索引項目はル・ル、グィオーム・ドゥである。ru は普通名詞で小川を意味する。小川さんというわけだが、これはおふざけで、ひっこめるとして、さて、どうするか。グィオーム・ドゥ・ルとそのまま項目を立てるしかない。

皆の衆に、おれはお慈悲を乞いもとめるのバラッド

シャルトゥルーやセレスティンのお歴々、
托鉢修道会の兄弟たち、デヴォート連、
靴の木底を打ち鳴らしてぶらついてる若いの、

恋のやっこかな、かわい子ちゃん、あんたもだ、
ボディコン胴着にいきなコートを着ちゃってさ、
色恋沙汰がほとんど病気の、うぬぼれの愚か者、
鹿皮の編み上げブーツ履くのに世話が焼けない、
そんな皆の衆に、おれはお慈悲を乞いもとめる

一九七一
一九七五

お乳を見せる娘っこども、そうだ、あんたらだ、
もっとお客をつかまえようっていうんだろう、
盗っ人に、喧嘩の扇動者、おまえらだ、
香具師のあんさんたち、お猿に芸をさせなって、
阿呆に女阿呆、道化に女道化、役者さんたち、
六人ずつ組んで、ピイピイ笛吹いて、豚のだろ、
膀胱の豆袋をゆすり、道化の錫杖を振り回す、
そんな皆の衆に、おれはお慈悲を乞いもとめる

一九七九
一九八三

ただしだ、裏切り者の犬どもには請求しない、
あいつら、おれにド堅いパンの耳を食わせた、
朝な夕なに、おれにガチガチ噛ませやがった、
やつらめ、もう糞みっころほどにもこわくないぞ、　一九八七
屁をこいてやる、ゲップってやる、面当てだ、
それができない、いまは坐してなんとかなんだ、
もう、どん底よ、まあ、もめごとは避けたいんよ、
で、皆の衆に、おれはお慈悲を乞いもとめる　一九九一

あいつらの肋骨を十五本、たたき折ってくれ、
どでかい、頑丈な木槌でねえ、皮帯に鉛玉を
仕込んだんで、そんなふうに毬を使ってねえ、
で、皆の衆に、おれはお慈悲を乞いもとめる　一九九五

この世からおさらばしようと思ったときのバラッド

さてさて、ここに遺言は閉じられます、
あわれなヴィオンはこれで終わりです、
どうぞ葬式に立ち会ってやってください、
四連鐘の鳴るのを耳になさったならば、
みなさん、朱色の着物でお願いします、
かれは恋の殉教者として死んだのです、
睾丸に誓って、かれはそういいました、
この世からおさらばしようと思ったとき

一九九九
二〇〇三

わたし、かれが嘘をついたとは思いません、
着物を汚したこどものように追い出された、
追い出したのは女たち、さも憎々しげにねえ、
当地から、果てはルシオンにいたるまで[1]、
藪も小藪もありはしない、嘘ではないと、
かれはいったものです、おれの上着の布地の
切れ端の引っかかっていない藪なんかとねえ、
この世からおさらばしようと思ったとき

かれはなにしろそんなふうでして、死んだ
ときには、ボロ着一枚しか持っていなかった、
おまけに、死んでいくとき、無惨なことだ、
アムールの針がギリギリとかれを刺した、
そのなんともするどいこと、革の綬帯の、

二〇〇七

二〇一一

二〇一五

そうですよ、尾錠金の留め金の比ではなく、
これにはわたしたちもびっくりするほど、
この世からおさらばしようと思ったとき
二〇一九

座主よ、小長元坊さながらに、シャンとした、[2]
お知りあれ、旅立ちに、かれがなにをしたか、
ムーリオン酒を、グイッと一杯、ひっかけた、[3]
この世からおさらばしようと思ったとき
二〇二三

(1) ピレネー山脈東南麓、地中海に向けて開けた土地の名。海岸沿いに南へ下るとカタルーニャ。ルシオンはカタルーニャで、アラゴン王家の支配だった。フランス王家はなんとかルシオンをとろうと、ルシオンの北のレクーベー山地に出城を築いて監視を怠らなかった。けっきょく、ルシオンに王軍が入るのは一四六三年初頭のことになったが、ルシオン問題はサンブネの司祭の現代史だったのである。このバラッドはパリからルシオンへ向かういくさ旅である。

(2)プリンス・ジャン・コン・メスメリオンと八音に読む。なにしろ語句の解釈に難渋して、難渋してというよりも、どうしてサンブネのがジャンと書いたのか。どうしてジャンティではなくジャンと書いたのか。そのわけが知りたくてうろうろした。タカの一族のコチョウゲンボウのようにシャンとしたプリンスとはいったいだれのことか。だれだっていいというのなら、それならどうしてそのだれかがジャンで、コチョウゲンボウなのか。ナゾは深まる。

(3)ルシオンが原産地の株のブドウで醸造された赤ぶどう酒。十三世紀後半のボーヴェジス地方の慣習法集成はムーリオンという赤の上物をいっている。それが『ばら物語』に言葉は出てこない。そのあたり不安だが、十五世紀に入るとピカルディーで「ムーリオン株の畑」とそうでないのを区別している。オーヴェルンやレール川筋にもしだいに畑がふえて、ローン川筋からブルグーンに入って「ピノ」と名をあらためた。

堀越孝一（ほりこし・こういち）

1933年、東京生まれ。1956年、東京大学文学部卒業、1966年、同大学大学院人文科学研究科博士課程満期退学、専門はヨーロッパ中世史。茨城大学、学習院大学、日本大学をはじめ、多くの大学で教鞭をとる。学習院大学名誉教授。著書に『中世ヨーロッパの歴史』、『中世の秋の画家たち』、『いま、中世の秋』、『わがヴィヨン』、『ヴィヨン遺言詩注釈Ⅰ～Ⅳ』、『わが梁塵秘抄』、『飛ぶ鳥の静物画』、『人間のヨーロッパ中世』など。翻訳書にホイジンガ『中世の秋』、『朝の影のなかに』、C.B.ブシャード『騎士道百科図鑑』など。

ヴィヨン遺言詩集

2016年5月22日　初版発行

訳 注　堀越 孝一

装 丁　尾崎 美千子
発行者　長岡 正博
発行所　悠書館
〒113-0033 東京都文京区本郷2-35-21-302
TEL. 03-3812-6504　FAX. 03-3812-7504
http://www.yushokan.co.jp/

印 刷　㈱理想社
製 本　㈱新広社

ISBN978-4-86582-011-9

索　引

索引

ヤ行